触不到的你

不到的你

UNABLE TO TOUCH YOU

宅小花 著

天津出版传媒集团

天津人民出版社

UNABLE TO TOUCH YOU

图书在版编目（ＣＩＰ）数据

触不到的你 / 宅小花著. -- 天津：天津人民出版
社，2015.12（2020.3重印）

ISBN 978-7-201-09980-4-01

Ⅰ．①触… Ⅱ．①宅… Ⅲ．①长篇小说－中国－当代
Ⅳ．①I247.5

中国版本图书馆CIP数据核字(2015)第279070号

触不到的你

CHUBUDAO DE NI

宅小花 著

出　　版	天津人民出版社	
出版人	刘　庆	
地　　址	天津市和平区西康路35号康岳大厦	
邮政编码	300051	
邮购电话	（022）23332469	
网　　址	http://www.tjrmcbs.com	
电子信箱	reader@tjrmcbs.com	
责任编辑	玮丽斯	
装帧设计	杨思慧　兜　兜	
制版印刷	三河市华东印刷有限公司印刷	
经　　销	新华书店	
开　　本	660毫米×960毫米　1/16	
印　　张	16	
字　　数	160千字	
版权印次	2015年12月第1版　2020年3月第2次印刷	
定　　价	42.80元	

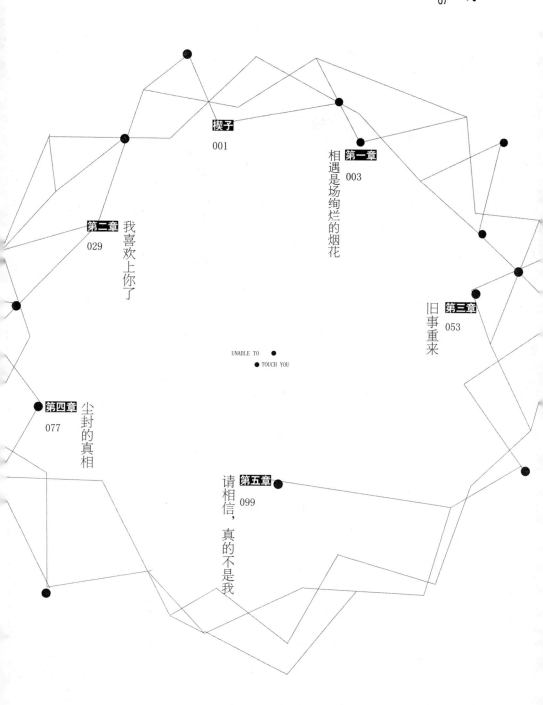

UNABLE TO
TOUCH YOU

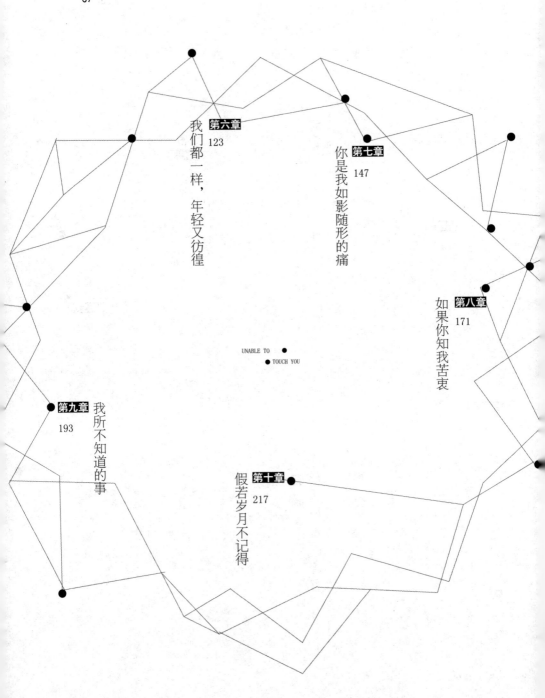

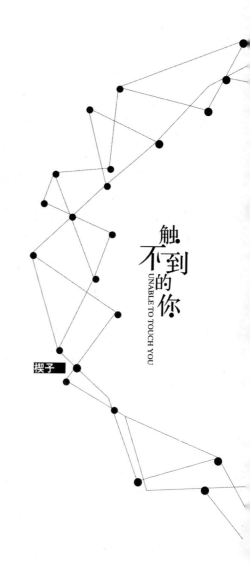

触不到的你

UNABLE TO TOUCH YOU

楔子

每一个背负谎言的孩子

都会在孤独中守望幸福

相遇是场烟花绚烂的瞬间

我们以为能够依靠彼此的温暖

可未曾料想

彼时

你唤我，在远方

我不回头，泪却早已成行

青春扉页的故事

无奈

一切只因为有开始

我们彼此路过的

是对方独一无二的草样年华

只是

青春的盛宴，还未开始便已轰然落幕

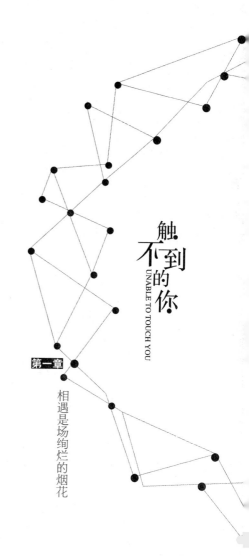

触不到的你

UNABLE TO TOUCH YOU

第一章

相遇是场绚烂的烟花

触不到的你
UNABLE TO TOUCH YOU

01 再见，旧时光

许久之后，每当我再次回想起那个夜晚，心里仍会隐隐作痛。

那时的大雨，铺天盖地。

那时的林茂，奄奄一息。

那时的我，哭得撕心裂肺。

黑漆漆的马路上，我抱着林茂，鲜血从他的额头不断流下，刺痛了我的双眼，也染红了他洁白的衬衫。

他缓缓睁开眼，看着我满是泪水和雨水的脸，双唇一张一合却发不出任何声音。

如果时光可以倒流，我发誓绝对不会避开林茂的邀请，假模假样地执意回家。

那样的话，我就不会在推开房门时刚好看到那肮脏恶心的一幕，也就不会冲动地飞奔出家门，更不会独自站在马路上放声大哭。

可事实上，在林茂提议一起去参加毕业聚会的时候，我却婉言谢绝，刻意忽略掉他失落的眼神，将他单薄瘦削的身影留在背后。

那时的我并不知道，有些事转过身，就会错过一辈子。

如今，我后悔了。

在那辆开着大灯急速行驶的卡车朝我逼近，林茂把我一把推开的瞬间，我真的后悔了。

因为我深深明白，从那一刻起，绝望和无助已将我们生生剥离，至此天人永隔，再不相见。

四天后，我去参加了林茂的葬礼。

我穿着一件白裙，因为记忆中的林茂很喜欢穿白色衬衫，我觉得这样可以和他离得更近些。

连绵的雨中，我没有打伞，雨水渐渐打湿我的头发、我的裙角。

林茂静静地躺在瘦长的棺材里，墓碑上的照片里是他干净温暖的笑容。

我犹豫了片刻，走上前去，和他做最后的道别。

"哎，你们看，是那个杀人犯的女儿，她怎么也来了？"

"是啊，是啊，听说就是她报的警。"

"她一出现，肯定没什么好事。"

"没错，有其父必有其女。"

……

四周的窃窃私语演变成指指点点，我无疑又一次成了众矢之的。不过，这些我早已司空见惯，我的眼里只有林茂。

蓦地，耳边骤然响起痛彻心扉的哭声，紧接着，一个巴掌毫无征

兆地落在我的脸上。

"死丫头！为什么死的不是你！为什么死的不是你！"

那是我第一次见到林茂的妈妈，她苍白的脸上有林茂的影子。

她撕扯着我的头发，将我狠狠推倒在地。

我不作声，默默地承受着她的踢打和唾骂。

雨幕中，林茂温暖的笑容逐渐模糊。越是看不清他的脸，我的心里就越是悲凉。

终于，眼泪还是决堤而下。

我知道，那一去不复的年少时光，终究只能在回忆里遗憾落幕。

对不起。对不起。

02 离别之殇

十月的温度，已经丢掉了闷热，风不大，但还是轻而易举地刮起了地上的落叶。

傍晚的天气有些阴沉，这是大雨的前兆。

来到清源学院已经有一个多月的时间，这所学校的环境和它如此高雅的名字简直天差地远。

不过，我不在乎。

能逃离那个被流言充斥的小镇，我在所不惜。

忘记是谁说过，在没有能力面对之前，暂时的逃避未必不是件好事。于是，拿到高考志愿的那天，我毫不犹豫地填上了清源学院的名字。

因为，它离家最远，也可以寄宿，对我来说，那便是最好的解脱。

妈妈拉着我的手，颤抖的声音中透着小心翼翼："箐箐，为什么一定要去那么远的学校呢？选个近点儿的，妈妈也好照顾你啊。"

我嫌恶地甩开她的手，只冷冷地说了一句："你真让我恶心！"

之后，我便带着简单的行李独自上了车。

我无法原谅她做出那样丢脸面的事，就像林茂的妈妈无法原谅是我害死了林茂一样。

为了和之前的生活划清界限，我只带了第一个学期的学费，其余的，我并不打算伸手再问家里要。

开学后的第二周，我在"玫瑰"咖啡店找了份兼职，每周二、四、六的晚上七点到十点上班。

咖啡店距离学校只有两站路，老板是个半秃顶的中年男人，看上去和蔼可亲。知道我是勤工俭学的学生，他特许我不用经过试用期便可以一直做下去。

我感激他的慷慨相助，虽然不过是端送咖啡的简单工作，我也丝毫不敢有半点儿马虎。

天气不太好的傍晚，咖啡店里人并不多。

同期当班的齐小圆也是勤工俭学的学生，比我早来半个月，对店里比较熟悉，而且有不知道从哪里学来的调制咖啡的好手艺。

"箐箐，11号桌。"

齐小圆一边将拿铁递给我，一边挤眉弄眼努着嘴说："那是个孤单的帅哥。"

我只是笑笑，她不知道，同样是十八岁的年纪，她可以肆意享受青春，我却早已满目疮痍。

帅哥，提不起我的任何兴趣。

配好纸巾和吸管，我端着盛放着拿铁的托盘，向11号桌走去。

临窗的座位上是个瘦削的高个子男生，侧脸干净，略显苍白，鼻梁挺直，发梢似有似无地落在眉间，安静得犹如一幅画。

他望着窗外，身上也穿着清爽的白衬衣，这让我禁不住又一次想起了林茂。

"您好，您点的咖啡。"

我礼貌地欠身，端起拿铁的杯子就要放在他面前。

男生抬起头，眼睛清亮如水。

他修长的手指轻轻蹭了蹭鼻梁，眉宇间略显尴尬："不好意思，我没有点咖啡啊，我只是在等人。"

我愕然，两年前第一次见到林茂时，他也做着这样如出一辙的动作。

在那个杂草疯长的雨后，我顶着沾满泥水的蘑菇头，脚上半挂着球鞋，被几个顽劣的臭小子追得无路可逃。

"追上她！别让她跑了！"

"她爸爸是杀人犯，她就是杀人犯的女儿！"

"真不要脸！不要脸！"

"打她——"

他们哄闹着，接二连三地往我身上扔泥巴。我越是跑，他们就越穷追不舍。躲闪不及间，我脚下打滑，一屁股狠狠坐在了泥洼里。

崭新的校服顿时变得肮脏不堪，我既委屈又愤怒，随手抓起旁边的砖块，想都没想就胡乱地反击回去。

"滚开！"

我憋红着脸大叫，抓到什么扔什么，只想让那些刺耳的讥讽立刻消失。

男生们龇牙咧嘴，咒骂间蹦跳着闪开，趁着这个当口儿，我拔腿就跑，就在那时，我看到了林茂。

他背着书包，站在不远处的楼角拐弯处。湿漉漉的地面映出他瘦削单薄的身影，白衬衣被微风掀起了衣角。

也许是我太过于狼狈，也许是我刚才的壮举太过于惊世骇俗，总之，林茂就站在那里看着我，白净的脸上写满不可思议。

我气急了！我恨那个坐牢的男人！恨他把我带到这个世界上来，却又让我背负上如此沉重的骂名！恨他扰乱我的生活！恨他让我成为众人眼中鄙夷的焦点！

满腔怒火无从发泄，我紧紧地攥着拳头，眼眶发红，却极力控制着不落下泪来。

我就那样倔强地瞪着林茂，冷笑。

"想要一起来吗？现在我可不怕衣服脏了！"

第一章 相遇是场绚烂的烟花

林茂苍白的脸上闪过一丝隐忍，刚要开口便被我打断。

"你想说什么？说你其实没有看笑话的意思？说你是个善良的旁观者？"我愤恨至极，"别装了！你们都一样！想看我的落魄？不堪？看我的笑话？呸！"我抹掉嘴上的泥巴，凌厉的目光狠狠盯着他那双明亮的眼睛。

可林茂看上去并不生气。

他用手指蹭了蹭鼻梁，面露难色，低声说道："不好意思，我只是在等人。还有……"他又指了指我的脚，"站在水里……小心感冒。"

我仓促地低下头，恍然发现，原来挂在脚上的球鞋早已不知何时也被当成武器扔了出去。

我下意识地动了动脚趾，泥浆渗透袜子，又冷又黏，像极了我的心情。

我不认识他，但我听得出他善意的关怀，我倔强地抿着嘴，恶狠狠地扔下一句："要你管！"

那时，我还不知道他的名字，不知道他是和我同级的转校生，更不曾想到这个白衣少年会在某一天用生命来保护我。

可我必须承认，就在那时，我竟莫名记住了那个温软好听的声音。

我从没有告诉过林茂，之后的很长一段时间里，他的这句话都成为我被恶整之后复原的良药。

我曾以独自拥有这个秘密而感到欣喜，可如今那翩翩少年已经逝去，我想说，却再也没有机会了。

看着面前的男生，我感觉似曾相识。

相似的动作，相似的话语。

我端着咖啡，有些不知所措。

如果不是参加过林茂的葬礼，我甚至会怀疑自己是否真的出现了幻觉。可如果不是幻觉，那面前这个和林茂长得一模一样的男生又是谁？

"对不起，我真的没有点咖啡。"男生说着，指了指桌上的饮料，示意我真的端错了地方。

我的错愕令他有些不自在，说话间，他朝门口处招了招手，随后站起身来，迈步离开，很快消失不见。

短暂的相遇后就此擦肩而过，我不知道他的名字，也不知道他是谁，但我看到了他衬衫上的校徽，清源学院。

03 星光与火焰

清源学院！

我的心里没来由地一阵激动，仿佛看到刚才跨出门口的身影就是林茂！

这种恍若隔世的熟悉感令我变得焦躁不安，直到晚上回到宿舍，都不能平静下来。

第一章 相遇是场绚烂的烟花

— 011 —

十点半，宿舍里已经逐渐沉寂下来。我小心翼翼地收拾着东西，尽量避免惊扰到其他三个人。

一个月的时间，还不足以让我有交心的朋友来分享秘密。

我悄悄地爬上床，却久久不能入睡，我甚至有一种冲动，想要立刻在学校找到那个和林茂一模一样的男生。

我觉得只要找到他，看到他，就好像林茂依旧在我身边，还是会用好听的声音对我说"小心，会感冒"一样。

这种近乎贪婪诡异的想法从见到那个男生的那一刻起就一直盘旋在我的脑海里，久久不能散去。

于是，从第二天开始，我就刻意在学校里四处溜达，特别留心地寻找起那个单薄的背影来。

然而，令我失望的是，三天后，我依然没有找到那个男生。

学校的校服都是统一的颜色，想要分辨出他的身影并不是件容易的事。

越是找不到，我就越着急，我把一切有限的时间都用来在学校的各个角落晃悠，可那男生就好像从来没出现过一样，完全没有半点儿踪迹可寻。

林茂，林茂，你到底在哪儿？

我在心里疯狂地呼喊，失去林茂那一瞬间的悲伤汹涌而至，令我有些分不清状况。

失望和希望总是不经意间交替出现，人生就是这样奇妙。

食堂里，人影错落。

我环视四周，继续努力想要发现那张熟悉的脸庞。

"喂，同学，你要打什么菜？"

窗口里传来食堂师傅不悦的声音。

我意识到自己的失态，刚要说话，不经意间瞥见从另一个窗口转身离去的身影。

是他！这是我第一次在学校里看到他！

瘦削单薄的背影、干净整洁的白衬衣，让我几乎要脱口喊出林茂的名字。

那男生没有注意到我，端着饭低头离开。

"喂，到底要什么菜？想追男生也得吃饭啊！"食堂师傅把大勺敲得梆梆响，立刻引来周围人异样的目光。

我脸一红，急忙胡乱点了份饭菜，然后鬼使神差般坐在了他的附近。

我的心里激动极了，有一口没一口地扒着饭，根本吃不出是什么滋味。

曾经，在那个充满痛苦和伤害的小镇，我失去了林茂；如今，我说不清是什么思绪，只觉得能认识这个男生，便好像会和林茂还有一丝联系。

于是，犹豫了很久，最终我鼓起勇气，决定上前去和他打个招呼。

就在我刚站起身的那一刻，左肩上突然多出一道力量，紧接着，一只大手将我狠狠地推了一把。

"走开！"

我一个趔趄，差点儿跪在地上。手里的餐盘应声落地，饭菜瞬间四溅开来。

我皱着眉，不满地回头。

那是个个子很高的男生，合体的校服将他有着完美比例的身材衬得格外耀眼。

他双手插在裤兜里，歪着头，浓眉俊目，充满傲慢的脸棱角分明，像个居高临下的皇帝，不屑的目光从我脸上冷冷扫过。

四周的气氛变得异样起来，众人窃窃私语，有几个正在吃饭的学生甚至在仓促间慌忙逃开。

高个男生似乎并不在意，吹了声口哨，看了眼那个单薄的背影，随后迈着大步走了过去。

难道⋯⋯

两秒钟后，我的预感变成了现实，只见他大大咧咧地坐在椅子上，抬手便将餐盘扣在了对面的人那干净的白衬衣上，整个动作一气呵成，异常流畅。

"于陆，你行啊，人前一套背后一套，让你抄个卷子都抄到教务处去了！"

原来，那个长得和林茂一模一样的男生叫于陆。

"我⋯⋯我没有⋯⋯"于陆小声地解释，始终不敢抬头。

"没有？没有我怎么会刚从教务处出来？"男生咄咄逼人，一边说着，一边将巴掌落在了于陆的头上。

于陆躲闪不及，结结实实地挨了一下。

"那卷子……我去上了个厕所……回来就……不见了……"他的声音越来越小。

"啧啧啧，让你抄卷子是看得起你，没想到你这么不识抬举，背后玩阴的啊！"男生做出一副惋惜至极的表情，随手拿起周围的几个餐盘，一股脑地全扣在了于陆的头上，然后将盘子扔在地上。

我被这突如其来的一幕惊呆了，更让我震惊的是，食堂里聚集了那么多人，此刻却没有一个人出面阻止。

汤渍残渣顺着于陆的头发，滴滴答答地落在他的白衬衣上。他窘迫极了，看上去无助又可怜。

这场面令高个男生非常满意，我却看得异常心酸。

也许是曾遭受过相同的经历，也许是满怀着对林茂的亏欠和内疚，当高个男生还在喋喋不休地时候，我脑子一热，捡起地上的餐盘，冲过去就拍在了那男生的胸前。

"你自己没长手吗？干吗让别人抄？"

餐厅里一片哗然，众人的目光齐刷刷地落在了我的身上。高个男生也腾地一下站起身来，这时我才发现，他真的很高，我抬起头，才只不过看到他的下巴而已。

我的出现在他的意料之外。他沉下脸，恶狠狠地盯着我。

我握紧拳头，在他肆无忌惮的注视下，只觉得周身的血液都涌到了脸上。我意识到自己确实有些冲动了，但我并不后悔。

"姜炽天，就是这个女生，刚才打饭的时候，看于陆那小子看得

眼睛都直了。"

不知是谁在旁边多了句嘴，四周马上响起一阵窃窃私语。

姜炽天盯着我，傲慢冷峻的神情一点儿也没有消退。

我以为接下来他会揍我，像小镇上的那些恶劣至极的男生一样。

然而，几秒钟后，他竟然不屑地扯出了一个笑容。

他扬起眉毛，嗤之以鼻："哦，我想起来了，刚才就是你挡了我的路。哈，没想到这穷小子也有人喜欢！瞧瞧，原来是个土里土气的乡巴佬。嘿，于陆，被一个乡巴佬喜欢是该高兴还是悲哀啊？果然是物以类聚，臭味相投啊！"

姜炽天说着话，戏谑的目光却始终没有离开我的脸。

我不想与他争执，"乡巴佬"的称呼比起之前那些扣给我的帽子，根本不值一提。

我拉起于陆的胳膊，示意他一起离开这个是非之地。

"喂，乡巴佬，你叫什么名字？下次抄卷子叫上你啊！"姜炽天伸手揪住我的辫子，不依不饶。

我嫌恶地甩开他的手："没长手的人才让别人帮忙抄！"

"喂，你是哪个班的？这么嚣张！"姜炽天身边的男生不满地叫嚣。

姜炽天摆摆手："啧啧啧，别那么凶。"

他望着我，说："喂！虽然你是个乡巴佬，但我大人不记小人过，从今天起，我可以允许你跟在我身边。"

话一出口，食堂里又是一片唏嘘。

我瞪了他一眼，回了三个字："不可能！"

说完，我便拉着于陆头也不回地走出了食堂，将姜炽天抛在了身后。

在水池边简单地清洗了一下，于陆苍白的脸上终于露出了腼腆的笑容。

"谢谢你。"

我有些不好意思，我不能告诉他我的初衷，所以只能把自己扮演成见义勇为的好学生。

"我叫于陆，你是新生吧？"

"你怎么知道？"我有些诧异。

"除了新生，没有人敢这么做。"于陆稍作停顿，随后脸上涌上担忧，"不过就算是新生，也应该知道姜炽天是不能惹的啊。唉，不管怎么样，以后你要多加小心，今天得罪了姜炽天，他不会善罢甘休的。"

"他那样欺负你，你为什么不反抗？"这的确是我想不通的问题，即便是当时我在小镇天天被欺负，我也从不会逆来顺受。

于陆靠在台阶上，湿漉漉的发梢搭在他的额前。他望着天空，喃喃自语："姜炽天，是不能得罪的，起码……我不能。"

我还想张口，但看着于陆为难的模样，我便也不好再追问什么。

我以为食堂的事件就这样过去了，但不曾想到，这个消息竟像流感一样，以极快的速度迅速覆盖了整个学校。

全校的人都知道我竟然敢公然挑衅大名鼎鼎的姜炽天，全校的人

第一章　相遇是场绚烂的烟花

也都知道我竟然拒绝了姜炽天大方施舍的机会！

这里面，就包括当时并不在场的姜蓉和陈晓阮，她们是我同宿舍的室友。

刚进宿舍，两个人就扑了上来。

"顾箐箐，你疯了吗？今天竟然敢得罪姜炽天！"

"你怎么能不认识姜炽天啊？"

"姜炽天允许你留在他身边，你为什么拒绝？那可是多少女生梦寐以求的机会啊！"

两个人你一言我一语，说得我脑子直发晕。

"他很有名吗？"我不明白为什么说起姜炽天，人人都会谈之色变。

姜蓉和陈晓阮像看傻子一样看着我，随即两人争先恐后地向我科普起姜炽天的辉煌史。

半个小时后，我发现我似乎真的惹了不该惹的人。

原来，姜炽天远比我见到的要可怕许多。

他虽然英俊帅气身材棒，但傲慢成性，打架斗殴那更是稀松平常的事情，隔三岔五就会看到他的名字出现在教务处的警告栏里。如果换作别人，名字出现三次可是要面临退学的危险的，但对姜炽天，却仅仅是写个名字而已。因为无论他在学校捅出多大的娄子，暗地里总会有人帮他摆平，安然无恙。

三年前，他和一个叫何必的男生一起与人打斗，将对方一人误伤，导致伤势严重，那件事非同小可，影响极其恶劣，可最后对两人的处理却大相径庭，何必被关进了少年劳教所，姜炽天却毫发无损地回到了学校。

从那天起，原本背景成谜的姜炽天就越发被笼罩了一层神秘光环；从那天起，他在大家的心里有了一个心照不宣、不敢触及的地位；也是从那天起，他依旧在学校里我行我素，高傲骄横，只是那张扬跋扈的脸上竟出现了从未有过的麻木和颓然。

"就算他高傲冷酷，但还是很帅的，不是吗？全校不知道有多少女生想和他交往呢！"

姜蓉一脸的花痴神色，我不好意思打断她，心头涌上一缕疑云，只得转头问陈晓阮："那拒绝了的结果会怎样？"

没想到两人异口同声地答道："会很惨！"

04 遇见你就是劫数

虽然我心存疑虑，可并不后悔自己所做的一切。

性格使然，我做好了准备，迎接姜蓉和陈晓阮说的"会很惨"的遭遇，只是，我没想到，得罪了姜炽天的后果，真的很惨！

第二天一早，我刚走出宿舍大楼的门，迎面就被狠狠地甩了一个巴掌。

打我的是一个高挑的女生，长发，浓妆。

"就是你？"她扬着下巴，一脸的嫌弃，"就凭你也想留在姜炽

天身边？看你那一身土气的样子，真是不知道天高地厚。"

我捂着脸，深吸一口气，硬生生地咽下了想要回击的话。

新的学校生活，我还是想平静地度过，并不想树敌。

我侧过身，想要越过她，谁知却被另一只手抓住了衣领。

"敏茹姐，不能就这么放过她，给她点儿教训，让她也长点儿记性。"

"对，看她那德行就觉得碍眼。"

方敏茹摆摆手，算是应允了跟班女生的提议。

三个女生顺势一拥而上，将我团团围住。她们猛然把我从楼梯上推倒，跑过来扯我的头发，挥下的拳头毫不留情，像雨点般砸在我的身上。

我告诫自己，只要忍受下来，也许灾难就会逐渐远离。所以我不反击，也不吭声，像个十足的弱者。

从宿舍楼里出来的人越来越多，三三两两，指指点点，她们离得远远的，尽是看好戏的神情。

我身上不知道挨了多少拳，脸上不知道落了多少巴掌，头发也不知道被扯掉了多少根，但她们似乎并不想停手。这个叫被唤作"敏茹姐"的女生，我并不认识她，透过憧憧人影，她妖娆的脸若隐若现，但那双眼中戏谑的神情却像极了一个人。

后来我才知道，方敏茹和姜炽天同级不同班，家世好、背景强。学校里的女生都怕她，也都知道她和姜炽天的关系。如今我惹到了姜炽天，方敏茹自然不会放过我。

我恍然大悟，原来，所谓的厄运刚刚开始。

我的沉默一直持续到四个人尽兴离开，周围看热闹的同学也渐渐走远。

我揉揉手臂上的瘀青，将头发重新整理好，捡起地上散落的书本，这才挣扎着一步步向教室走去。

步伐沉重而缓慢，在这所新学校，我本以为可以开始全新的生活，没想到梦想竟是这样不堪一击。

想起林茂，想起那个冬日的黄昏，我的鼻子一酸，眼泪差点儿流下来。

那时的我，被欺负和羞辱是家常便饭。

花样的年纪，已经懂得了爱美，谁不希望自己整天干净整齐？

可我的生活越发像一场场战争。混战时的我，是只发了疯的刺猬，但战争落幕，我就会遍体鳞伤。

那天傍晚，我被一群七八岁的男孩用鸡蛋袭击。也不知道他们从哪里冒出来的，只记得刚从小巷拐弯，铺天盖地的鸡蛋顷刻间就迎面飞来。我躲闪不及，身上、脸上、头发上全是鸡蛋破碎后留下的黏液。

"鸡蛋不要钱吗？你们这群小坏蛋！"我愤怒地大喊。

"杀人犯，杀人犯，是坏人……"他们一边叫，一边向远处跑去，不一会儿又返回来，用捡来的树枝往我身上丢。

那场面滑稽极了，就好像唐三藏被一群小妖怪搅扰纠缠却无力反抗一样。

我不能跟这帮小鬼一般见识，因为他们还不明事理。可当时我的心里还是难过极了，因为我看到了不远处的杨姗姗。

杨姗姗和我从小一起长大，曾经是我在那所学校里唯一一个视为好朋友的人。

我多么希望她能走过来说："顾箐箐，没事，别和他们一般见识。"

可我等到的，却只是她漠然地转身离开。

失望和愤怒堵得我胸口发疼。我好想哭，眼泪直在眼眶里打转。

"顾箐箐，别哭。"

我转回头，看到了不知什么时候站在我身后的林茂。我接过他递来的纸巾，狼狈地低下了头。

数不清有多少次，在我一个人偷偷想哭的时候，林茂就会出现在我身边，用他温暖好听的声音安慰我。我从开始的倔强抵触到后来的沉默接受，他始终不曾离开。

就这样，我嘴上不说，但已经慢慢习惯了他的陪伴，慢慢依赖着他的存在。

那时的我对这个世界还抱有希望，大概也是因为林茂吧！

可如今，我成了真正孤单的人，无论我怎么回头，却再也看不到林茂的身影了。

我红着眼，拖着酸疼的双腿，慢吞吞地爬楼梯，满腔心酸，直到面前的光线被一个黑影挡住。

"喂！乡巴佬，你是不是……"话还没说完，姜炽天就皱起了眉头，"你怎么成这样了？"

我想他一定是看到了我脸上的瘀青，我抱紧书，立刻与他拉开距离。

"老大，老大，水准备好了！"

这时，一个瘦瘦的男生提着水桶，快步从远处跑来。

我看了看那男生，又看了看姜炽天，马上就明白了他的用意，只是我疲惫不堪，并不想与他继续纠缠。

见我要走，姜炽天伸手抓住了我的手腕。瞬间，一阵钻心的疼痛传遍整条手臂。

他撩起我的袖管，看到了我肿得像猪蹄一样的手腕。

我也有点儿意外，想想可能是刚才被推倒的时候，不小心撞在了地上。

"你怎么搞成这样？"姜炽天皱着眉毛质问我。

我觉得自己一定是眼花了，因为我竟然看到了那黑眸中闪过的一丝关切。

但很快，我就否定了这个想法。因为在这个世界上，唯一真正关心我的人，已经永远地消失了。

"看到自己的战绩不用这么惊讶！这样的演技太差劲了！"我挣脱他，戒备地望着他。

姜炽天的手停在半空中，表情有些尴尬，他挺了挺后背，问道："是你们谁干的？"

身后的几个男生立刻摇头。

第一章　相遇是场绚烂的烟花

"老大，水桶刚提来，还没来得及放在楼梯上，她就上来了……"提着水桶的男生气喘吁吁地指着我说。

果然，这才是他们的第一步计划。

"那你说，到底是谁干的？"姜炽天咄咄逼人，再次将我逼到墙角。

"不是要整我吗？不管是谁，你都应该满意，省得你本尊亲自费力了！"我故作镇定，负隅顽抗。

"那不一样！"姜炽天用手撑着墙壁，将我圈在其中，嘴角勾起一抹坏坏的笑容，"你要记住，只有我才可以欺负你！"

我的脸腾地一下就红了，想都没想就抬起脚，狠狠地朝他的小腿踹去。

05 天台上的意外

姜炽天没有食言，接下来的几天，除了他，果真没有人再找我的麻烦。

他的恶作剧真的很烂俗，不是剪破我的运动鞋，让我无法上体育课，就是给我的书上洒皂荚粉，害得我上课猛打喷嚏。

当然，这其中受害的，还有于陆。

听于陆说，以前姜炽天也会经常这样整他，可现在我也成了受害者之一，他心里总觉得对不住我。

我笑着说没什么，小意思。

每次看到我和于陆被整得惨不忍睹，姜炽天都会笑得异常得意。他的兴趣慢慢提升，越发变着花样来看我俩的笑话。

但他不知道，在这样的斗智斗勇中，我和于陆竟然逐渐成了共患难的好朋友。

圣诞节前夕，学校里四处可见浪漫的气息。很多学生都会精心准备自己的圣诞之夜，姜炽天也不例外，而他的乐趣自然少不了我和于陆的参与。

这天，姜蓉和陈晓阮，还有整天在教室扎根自习的周曼曼，她们邀我一起去参加放孔明灯的活动。

我原本并不喜欢这种人多的场合，而且总觉得在圣诞节这样的日子放孔明灯实在有些格格不入。

可是，自从我得罪了姜炽天那件事在学校传开之后，宿舍里原本生疏的四个人却好像突然变得熟络起来。尤其是姜蓉，当她得知我被方敏茹教训得满身瘀青，还特意去药店买了跌打药膏，令我非常感动。也正因为如此，我着实没有办法拒绝她。

我问她们怎么会想到在这样的日子放孔明灯，陈晓阮说是为了思乡，周曼曼说是为了祈福，而姜蓉说是为了爱国。

我哭笑不得，这种托词谁信啊！

最后，我才知道，这个提议其实是学校文学社提出来的。文学社是学长学姐组织的，因为入社要求严格，所以整个文学社也不过十来个人。这次放孔明灯的设想源于一次征文比赛，没想到在学校论坛上

第一章 相遇是场绚烂的烟花

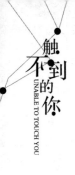

一贴出来，立刻引起很大轰动。

放孔明灯的地点就在学校主楼的天台上。我们到那儿的时候，已经有很多孔明灯陆陆续续升到空中了。

"你们站在这儿等我一下。"姜蓉说完就挤进人群，不一会儿就拿回四个孔明灯，分别交到我们手上。

"来，一人一个，等会儿我们一起放。"她说着，催促我们赶快点上。

我们手忙脚乱地折腾了半天才把灯撑起来并点燃了。

姜蓉看准时机，喊了一声"放"，我们便同时松了手。

灰蒙蒙的天空中，孔明灯缓缓上升，非常漂亮。

不管别人的愿望是什么，我心里只希望能够顺利度过在这里的每一天。

然而，顺不顺利不是我说了算的，就连孔明灯也无能为力。

只见姜蓉突然指着我大喊："顾箐箐，你的头发！"

我立刻意识到事情不妙，果然，一盏孔明灯上的细铁丝挂在了我的辫子上，怪我刚才只顾着摆弄手里的灯，完全没有感觉到。

那盏孔明灯慢慢升高，在我转头时又失了方向，猛然着了火。燃料带着火苗滴落在我的头发上，一股焦煳味瞬间飘散开来。

我当然知道这是谁的杰作！因为我转头时，看到了那张不怀好意的脸。

我承认之前的那些恶作剧对我来讲都是小儿科，但这次我真的被吓坏了，除了尖叫，我根本束手无策。

人群一阵骚动，我慌乱地直向后退，脚下踩空，差点儿跌下楼梯。

就在这时，一个男生眼疾手快，一把将我拉住，并用衣服迅速裹住了我的头发，然后使劲地拍打。我不知道这种办法会不会有效，但头上的焦煳味确实减少了。

"好了，现在没事了，放孔明灯一定要注意安全啊。"片刻后，男生笑着对我说，平静的脸上看不出惊慌。

"谢谢……你……谢谢。"

我捂着头发，语无伦次。

姜蓉她们三个见状也立刻围拢上来，担忧地问长问短。

"乡巴佬！你没放过孔明灯啊！能把头发烧着，你也是第一个了！笨蛋！"

姜炽天长腿一跨，便将那个男生挤到了一边。

昏暗的灯光下，我看不出他的表情，但对他蛮横的语气和行为反感至极。

我盯着他，惊吓和愤怒让我几乎情绪失控。

"姜炽天！你的人生就满足于看别人的笑话吗？我告诉你，以后我再也不会害怕你了！还有什么烂招数就放马过来吧！"我握紧拳头，瞪着眼睛，喊得咬牙切齿。

四周一片寂静，战火似乎一触即发。

没想到姜炽天愣了片刻，一句话没说就转身走下了天台。

我感到很意外，仿佛铆足了劲儿挥拳头却打在了棉花上。

这不是他的作风！

只是望着他的背影，不知为何，我忽然觉得有些落寞。

后来过了很久，姜炽天告诉我，其实，他就是在那一瞬间喜欢上我的。

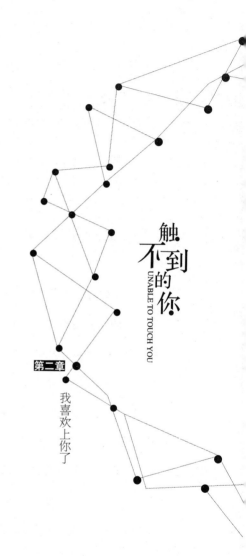

触不到的你

UNABLE TO TOUCH YOU

第二章

我喜欢上你了

01 厄运再来

我把烧坏的头发剪掉，变成了利落的齐耳短发。

姜蓉说我性格有点儿执拗，这样的发型更适合我，而我却把这归结于姜炽天的险恶用心。要不是他，我就不用花二十块钱去理发店，要知道，二十块钱可是我一周的午饭钱。

在那晚宣战之后，我像只戒备的刺猬，立着浑身的尖刺，随时准备迎战姜炽天的恶作剧。但出乎意料的是，他竟然停战了。

我怀着惴惴不安的心情过了一周，见他真的不再为难我，也就逐渐放松了警惕，甚至有点儿感谢他把平静又归还给我。但之后发生的事情都证明是我太过于轻敌了。

周末，咖啡店的生意比以往好很多，店里人手不够，老板就试探着问我是否能每晚都去上班。

我当然非常乐意，因为这样既可以打发时间，又可以赚些外快，起码可以补回那二十块钱，于是我欣然接受。

日子平静且忙碌，姜蓉依旧热衷于打探学校内的各种消息，陈晓阮继续着她的暗恋生涯，周曼曼还是雷打不动地待在教室上自习。而我，每天放学后，都是草草吃了饭就赶忙往咖啡店奔去。

"你每天这样奔波，学习能跟得上吗？"姜蓉的语气里满是担忧。

我不能告诉她我必须这样，不然下学期的学费就没着落。在学校里，有些事，终究只能是个秘密。因此我总是回答她："我在打工的时候你在聊天，我们谁也没浪费时间。"

至于作业，我必须利用回宿舍后熄灯前的那段时间赶紧完成，所幸的是，学习任务还没有落下。

我像个忙碌的陀螺一样，渐渐忘记了姜炽天的存在，直到有一天他突然出现在我面前。

那天晚上，我正在打扫卫生，准备关店门，没想到姜炽天竟然走了进来。

他穿着休闲服，黄金比例的长腿永远夺人眼球，难怪就连陈晓阮都被他迷得七荤八素，连课本上都写满了他的名字。

可我在想起了那天的疯狂事件后，再见到他，瞬间只觉得头皮发麻，神经立刻就紧绷起来。

我不晓得他从哪儿知道我打工的地方，也不知道他怎么会又突然出现，不过，有一件事我敢肯定，有他没我，水火不容！

第二章
我喜欢上你了

"一杯菠萝汁，鲜榨的。"姜炽天说着，迈着长腿越过我，然后坐在了桌子前。

"对不起，已经关门了。"我实话实说，心里隐隐觉得不安。

姜炽天根本不以为然，他抬起手腕对我说："现在才九点五十，离你下班还有十分钟。"

他说着，嘴角勾起一抹坏笑，漆黑的眼睛仿佛能看穿我的心虚。

"榨汁机都已经关了。"

"那就再打开喽。顾客可是上帝，啧啧啧，你这样的态度怎么接待上帝啊？"姜炽天摇晃着脑袋，一脸惋惜。

"如果你愿意，我真乐意送你去见上帝！"我反唇相讥。

"我是没关系啦，不过把顾客赶出门外，估计你的老板也不会怎么乐意吧？"姜炽天帅气的脸上写满无所谓，语气却带着威胁意味。

我恨得牙根痒痒，他抓住了我的软肋，饭可以不吃，但工作不能丢掉。我心里憋了一口气，瞪了他一眼，无奈只能放下拖把，走向柜台重新打开榨汁机。

说不出是赌气还是生气，我故意把榨汁机的声音开到最大。轰隆隆的机器声中，我始终冷着脸，但不用看，我也知道姜炽天跷着二郎腿在得意地笑。

"给你！"我把杯子放在他面前，不忘催促道，"快点儿喝！还有三分钟关门！"

姜炽天拿起杯子喝了一口，谁知竟"啪"的一声又把杯子摔在了地上。

"我要喝热饮！"他摊开双手，说得无比轻松，双眼灼灼发亮，像个无辜的孩子，根本不在乎我的怒意。

我觉得我肯定是失忆了，把那天在天台上的誓言忘得一干二净，什么再也不怕了，什么积极迎战，所有这些在此刻都通通化作了浮云。姜炽天仅仅动了动手指，我就不得不屈服。

我攥着拳头，恶狠狠地转身，重新清洗、装机、盛杯。

这一次，他没有再为难我。

我拿着拖把继续拖地，不再看他。

"你剪短发挺好。"姜炽天盯着我，突然冒出一句。他顿了两秒钟，又扔下一句："起码不那么土里土气了，哈哈哈。"

我懒得理他，将地上洒落的果汁清理干净后，指着墙上的挂钟下逐客令："对不起，我们已经关门了，你可以走了！"

他张张嘴，没等他开口，我扬起手，猛地打翻了他还没喝完的菠萝汁："别说什么顾客没喝完就不能关门，现在已经下班了！而且你也喝完了！"

看他有点儿发愣，我心里痛快至极。我宁可再拖一遍地，也不愿和他再多待一分钟。

这招果然奏效，姜炽天耸耸肩，终于从我眼前消失了。

我匆忙将地板重新拖干净，迅速收拾完东西然后关上店门。

冬天的夜晚总是出奇的安静，夜空中星光闪耀，冷风夹着寒意，

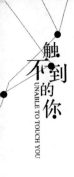

路上早已没有行人。

我抓紧衣领，快步向学校走去。我不愿回头，也不敢回头，故意忽视身后跟着的那个高大帅气的身影。

02 求求你放过我

回到宿舍，已是十一点儿，刚进门，我就看到姜蓉贴着面膜盘腿坐在床边，一动不动，像尊雕像。陈晓阮戴着耳塞听音乐，周曼曼开着床头灯在看书，原来，大家都还没有睡。

"箐箐，你终于回来了，怎么这么晚，还有半小时就要熄灯了。"姜蓉挪了挪屁股，撕掉面膜瞅着我。

"今天客人比较多。"我低着头，胡乱搪塞。

姜蓉没再追问，凑过来神神秘秘地说："我已经打听到那个男生的消息了，要不要听？"

要不是她提醒，我几乎已经忘了这件事。姜蓉不愧是学校论坛的版主助理，这么短的时间，就能在几千人中抓住信息的源头。

经过姜蓉的转述，我得知那天在天台上救我的男生叫李渊，是这学期才来的韩国转校生，人长得帅，学习又好，家境也好，最主要是人谦和客气，做事也很低调。

托姜蓉去打听李渊的消息，是因为我还没来得及好好感谢他，他就已经悄悄离开了，我有点儿愧疚。不管怎么样，我总该就他被烧坏的衣服说一声"对不起"。

姜蓉还告诉我李渊每天早上六点半都会去操场上锻炼身体，于是第二天，我早早到了操场。

清晨有些清冷，天色昏暗，操场上人数寥寥。

李渊穿着一身运动衣，倒挂在单杠上，瘦长的身形有些单薄。

虽然是倒挂，他的五官依旧立体明朗。

我尴尬地轻咳。

李渊抓住单杠跳了下来，一时没认出我。

"你好。"我指了指自己的头发，冲他笑了笑。

李渊恍然大悟："哦，是你呀。"

细听之下，才觉得他的中文说得很好。

我点点头："那天还没来得及好好谢谢你。"

"不用客气，应该的。"李渊也笑了，细长的眼睛眯成了好看的弧线。

我顿时语塞，一下子不知道该说些什么，倒是李渊主动问了起来："后来，没事了吧？"

我点点头，想起当时于陆对我的忠告，于是忍不住善意地提醒他："姜炽天要整的人是我，那天你帮了我，希望以后不会给你带来什么麻烦。"

李渊拍了拍手，笑容笃定："我不怕他。"

第二章

我喜欢上你了

我心里的担忧变成了满满的赞同，互不相欠，又何来惧怕？

于陆找到我，说姜炽天和别人打架，名字又上了警告栏。

我早习以为常，要是他突然被学校点名表扬，那才是天大的奇闻。但于陆接下来的话让我差点儿窒息，他说姜炽天打架，是因为我。

我顿时觉得惊慌失措，不知为何，这比听说他要整我更令我心惊胆战。

一连三天，姜炽天都会在晚上九点五十分准时出现在咖啡店，然后吆五喝六地故意刁难我，最后在关店门后跟着我回到学校。

我不理他，他也不上前纠缠，十米左右的距离，不紧不慢，保持得恰到好处。

路灯将他的影子拉得长长的，脑袋刚好映在我脚下，有时我赌气似的会故意踩两脚，有时我会撒开腿快速跑开。

当然，姜炽天并不会永远这样好脾气。

这天，他不到九点半就来到咖啡店，和他一起来的，有两个跟班的男生、于陆，还有方敏茹。

自从那次在楼梯上和方敏茹第一次交手后，我在学校就没再见过她。听说她不怎么爱学习，除非考试，否则她很少出现。

奇怪的是，她考试却从来没有挂过科。

姜炽天他们走进来的时候，店里的客人已经没有几个了。齐小圆没有察觉到弥散的硝烟味，拿着餐单热情地走上前去。

姜炽天看都不看她一眼，竖起食指，高声喊道："顾箐箐。"

我讨厌听见他叫我的名字，讨厌他趾高气扬地使唤我，更讨厌看到他那张帅气逼人，却永远一副玩世不恭模样的脸。

着实难以想象拥有这样完美外表的男生，却有着奇怪的爱好，如若不然，有哪个十八岁的男生会如此钟情于甜香腻人的菠萝汁。

齐小圆见我把两块菠萝丢进榨汁机，立刻跑过来，低声问道："箐箐，那帅哥是谁啊？你们很熟吗？你怎么知道他要菠萝汁啊？"

齐小圆和我不同校，她不认识姜炽天，情有可原。

我摇摇头，为了保全工作，所以只能把连续几日"九点五十"的噩梦放在心里。

我将热菠萝汁放在姜炽天的面前，转身就要走。

"再来一杯凉的。"姜炽天抬抬眼皮，声音慵懒。

顾全大局，我顺从地又端来一杯凉饮。

"再来一杯热的。"姜炽天故技重施。

就这样来来回回，不一会儿的工夫，桌子上已经放了五大杯菠萝汁。

"喝了它！"姜炽天换了个舒服的姿势，一如既往地歪着头，好像脑袋随时会掉下来似的。他盯着我，扬扬得意地说："要按顺序喝。"

我当时真的有一种把这几杯菠萝汁按顺序从他头上浇下去的冲动，但有个声音总在我脑子里盘旋，不停地告诫我冲动是魔鬼。

第二章　我喜欢上你了

　　我瞪着他，他望着我，气氛忽然变得紧张起来。所有人都是一副事不关己的模样，除了于陆。

　　"姜炽天，求求你，别……为难她。"

　　听到于陆开口求情，姜炽天立刻就沉下了脸，他转过头，向其他两个男生招招手。

　　突然，两人朝于陆的膝弯踢了一脚，于陆闷声跪在了地上。

　　"那你喝。"

　　姜炽天语调缓慢，看不出什么情绪，方敏茹则冷眼旁观。

　　"你不喝，她就喝。"姜炽天步步紧逼。

　　满满五大杯的菠萝汁，冷热交替地喝下肚，换作是谁，都忍受不了。

　　于陆迟疑了片刻，痛苦地望了我一眼，颤抖着手端起了第一杯。

　　恍惚间，仿佛又是那个将我逼上绝境的场景重现，在我不知所措时，林茂挺身而出，挡在我面前，回头对我说："别怕，有我在。"

　　可此时我明白，于陆不是林茂，他不过是和林茂长相一样而已，我不能自私到将自己对林茂的依赖转嫁到他的身上，更不能自私到让他替我背负这样的屈辱，因为他也只是另一个可怜的玩偶罢了。

　　"求你。"我身体僵硬，将指甲掐进了肉里，说出了最不愿意说的话。

　　姜炽天不可思议地看着我："你终于肯跟我说话了？而你跟我说的第一句话，竟然是为这小子求情？"

"老大，我早说过，她喜欢这个穷小子。"其中一个男生添油加醋地道。

姜炽天眼神转暗，冷冷的目光在我的脸上不断搜寻。

"是吗？"他问我。

我深吸一口气，感到自己快要支撑不住了，但为了林茂，为了于陆，更为了自己，我依然委曲求全："求求你，放过我们吧。"

我抿着嘴，看着于陆，示意他不要那么鲁莽。

这时，方敏茹顺了顺长发，对我说道："那就像那穷小子一样，下跪吧，或许姜炽天会改变主意。"

我看了姜炽天一眼，发现他摊了摊手，很显然，他采纳了这个意见。

邻桌的客人开始窃窃私语，就连齐小圆也睁大了眼睛在柜台后张望。

就这样吧，如果能让一切停止，就这样乞求吧！

羞愤的感觉卷土重来，我顿时觉得力不从心。没有了爸妈，没有了林茂，没有了家，现在，连刚刚捡回来的尊严都要再次一并丢掉。我这样想着，鼻子忍不住发酸。

"箐箐，不要这样，我可以喝。"于陆小声地劝我。

我不回话，倔强地忍住在眼眶里打转的泪水，当着咖啡店里所有人的面，"扑通"一声跪了下去。

"求求你，放过我们吧。我们只想要普通的朋友、普通的生活，

这些对你来说可能不足为奇，可对我们这样的人来说，能够顺利度过每一天已经是天大的奢望，所以，求求你！"

姜炽天的脸色更加难看，阴冷的眼中覆上了冰霜。

他收回似要抬起的手臂，冷冷地说道："很好！你竟然为了这个小子下跪！"

03 我可能喜欢上你了

很久之后我才知道，假如那天我只是为自己求情，也许事情还不至于发展成那样，可事发突然，姜炽天认为我是为了于陆才这么做，因此他不由得怒气冲天。他说他很想狠狠吻住我，看到我为了别的男生低声下气，他既愤怒又心疼。

可在当时他什么也没做，见我倔强沉默，他最终选择愤然离去。

五杯菠萝汁被他随手带到地上，就像我当时的心情，一落千丈。

方敏茹说了句"你行"之后，踩着高跟鞋和另外两个男生一起走出了店门。

于陆把我扶起来，不停地抱怨我不该那样屈服，五杯菠萝汁而已。

齐小圆也连忙跑过来紧张地询问，她说她只知道我是个勤工俭学的学生，没想到还会发生这种事情，然后又说了一大堆"帅哥不靠谱，长得帅经不住心肠狠毒"之类的话。

我不说话，只是苦笑，眼泪却忍不住夺眶而出。

好事不出门，丑事传千里。

当晚，我在众目睽睽之下下跪求饶的消息就登上了学校论坛的头条，甚至还附了一张照片以证真实。

我又一次成了风口浪尖的话题人物。

果然，第二天，全校人都拿这件事当成茶余饭后的话题，无论是在教室还是在操场，都会有人对我指指点点。从她们的表情就可以看出，这事确实很有嚼头。

前一晚被宿舍的三个人围在床上问了大半夜，我的头昏昏沉沉，尽管努力打起十二分精神，却还是不小心在教导主任的数学课上睡着了。

教导主任板着脸把我叫到了教务处，他指着电脑厉声斥责："顾箐箐，利用课余时间勤工俭学是件好事，但无论如何都不能耽误学习！更不能丢学校的脸！昨天的作业没有交，还在课堂上睡觉！今天给你提个醒，如果还有下一次，就要被当作反面典型公开批评！"

我乖巧地点头，心里明白所谓的作业没交、上课睡觉，不过是个借口而已，教导主任关注更多的，是整个学校的颜面。

只是我还有点儿诧异，原来这个看似死板严肃的矮胖老头竟然也会关注论坛。

记不清教导主任后面还说了些什么，我只觉脑袋又开始混沌起来。

第二章

我喜欢上你了

终于，他朝我摆摆手："现在去把昨天的作业补上，课间不准休息。"

我如释重负，快步走出了教务处。

姜蓉从班长的桌子上偷偷拿回自己的作业交给我，于是我只用了不到十分钟就完成了任务。虽然数学作业只有五道题，但我没有过多的精力再去思考、求证和计算。

有姜蓉帮忙，真好。

窗外暖阳高照，多少驱散了冬天的寒冷，操场上的人也多了起来。

我趴在桌子上，托着腮帮子直想睡觉，可就在这时，不远处的两个人却引起了我的注意。

姜炽天站在榕树下，阳光在他身上投下好看的光晕。他永远都是那样高傲夺目，即使在吵架，也会引来周围女生的阵阵尖叫。

在他对面站着一个穿着西装的男人。我看不到那男人的脸，但从穿着和举止判断，他的年龄肯定比姜炽天大，而且，他们的确在吵架。

我对看热闹向来没兴趣。

困意最终还是袭来，我抓紧时间，枕着胳膊睡了个五分钟的短觉。

晚上，我按时来到咖啡厅，没想到老板竟然也知道了前一晚的事，开工前他语重心长地和我谈了一次话，宗旨就是虽然是兼职，但也不能把私人恩怨带到工作场合来。

我感激他给我这个赚取学费的机会，因此我认真点头，保证以后再也不会发生这样的事。至于是谁把话传到了他的耳朵里，我也不想再追究，我宁可选择相信这只是个无心之举。

一晚上，我都谨小慎微，害怕姜炽天再来纠缠，可直到十点关门他都没有出现。

在走出店门的那一刻，我终于缓了一口气。

夜空朦朦胧胧，路灯下，雪花飘飘洒洒，调皮地落在我的指尖，片刻又消失不见。

冬天的第一场雪，就这样不期而至。

突然，一只手拉住了我的胳膊。

"嘿，大哥，就是她！她就是顾箐箐！"

说话间，三个男生将我团团围住。

我警觉地后退，很快被逼至墙角。

"你们是谁？"我厉声问道，心里却像敲鼓一样七上八下。

"你就是顾箐箐？"其中一个男生伸手捏住我的下巴，他的头发梳得油亮，脸上长满痘痘，看得我直恶心，"我当是什么大美女，原来是个没发育好的丫头，姜炽天为了这种货色还能大打出手，真不晓得是不是脑子进水了。"

我努力挣脱开那男生的钳制，无奈被三个人围得死死的，根本没有逃脱的机会。

第二章

我喜欢上你了

见我想逃，男生"啪"的甩了我一巴掌，然后抓着我的衣领，使劲撕扯起来。

我忽然意识到他说的"教训我"是什么意思了！我害怕至极，禁不住抓紧衣领尖叫起来。

从来没有一个时刻，我是那样渴望见到姜炽天。就在姜炽天突然出现，抬起一脚将那男生踹到一边的时候，我竟想都没想就抓着姜炽天的胳膊藏在了他的身后。

"滚！"姜炽天冷冷地说出一个字，眼底蹿出愤怒的火苗。

和姜炽天交手，那男生看来吃过亏，所以见形势不妙，立刻带着另外两个人慌忙逃开。

姜炽天转过身，愤怒地对着我大吼："你是个笨蛋吗？不知道还手啊！让我说多少遍你才能记住啊？你只能让我一个人欺负，听见没有！真是蠢得可以！叫有什么用啊，看看这大半夜的，谁会来帮你啊！"

他一下子说了这么多话，完全没有意识到自己情绪激动。

这时我才发现，他喝了很多酒。

三秒钟的停顿，两个人都没有说话。他盯着我，眼神幽暗，暗潮涌动。

我感觉不妙，拉开距离就想赶紧逃跑，谁知他一把抓住我，然后猛地低下头吻住了我。

我禁不住倒吸一口凉气，奋力挣扎着想要推开他。

他的唇温热湿润，呼吸逐渐变得急促。

我吓坏了，使出全身力气朝他的小腿踢了一脚。

姜炽天闷哼一声，稍稍放开了我。

"姜炽天，你这个坏蛋！"

我张牙舞爪地挣扎，可咒骂没有任何震慑作用，反而似乎激怒了他，他红着双眼，猛地抓住我，"嘶啦"一声便将我的衣领撕开了一道口子。瞬间，冰冷的风钻进领口，让我忍不住打了好几个哆嗦。

我吓得大声尖叫起来，慌乱中抬起腿使劲全力顶了他一下，这次，他表情痛苦，弓着背弯下腰。

我不敢耽搁，迅速向远处跑去，只是迈开的双腿却不听使唤地一个劲儿发抖，视线也跟着模糊起来。

我一口气跑到学校门口，胸口像压着块大石头，只觉得天旋地转，轻飘飘的身体几乎快要支撑不住了，直到我鲁莽地撞进了一个怀抱。

"顾箐箐，你怎么了？"

我抬起头，撞上李渊关切的目光。他温和白净的脸在路灯的映衬下显得格外帅气。

"发生了什么事？"他将我扶稳，又问道。

我张张嘴，想着刚才那可怕的一幕，不知该从何说起，所以只能不停地摇头。

李渊见我不说，便也不再追问，他脱下自己的外套披在我身上，

第二章

我喜欢上你了

轻轻地在我的肩膀上拍了拍："快回去吧，外面太冷了。"

我点点头。这是他第二次慷慨相助，我无以回报，只能在心里默默地感激他。

李渊，谢谢你。

一整晚，我都在惶恐惊吓中度过。姜炽天像个霸道的强盗，不经过我的同意就强行闯入我的梦里，一如他那个霸道的吻一样。

梦里，雪花漫天飞舞，姜炽天站在雪中，我看不清他的脸，只听见他得意地大笑："记住，顾箐箐，你只能让我一个人欺负！只能我一个人！哈哈哈哈……"

镜头一转，又回到了漆黑的街边，他用手指捏着我的下巴，居高临下地盯着我，然后，慢慢向我靠近……

就这样，两个场景不断切换，我在半梦半醒间挨到了天亮。

刚睁开眼，耳边就传来"姜炽天"三个字。

只见陈晓阮慌慌张张地推开门，头发凌乱，嘴角还沾着牙膏。她穿着拖鞋飞奔到我床边："姜炽天！姜炽天！"

我头皮发麻，一脸茫然："陈晓阮，怎么了？"

"姜炽天……"陈晓阮喘了一大口气，"姜炽天现在在我们宿舍楼门口。"

"那又怎样？"我有点儿心虚。

"他在等你！"

说话间，姜蓉也从外面跑了进来："顾箐箐，你怎么又惹到了姜炽天？"

我一听，禁不住浑身发抖，下意识地把被子拉到下巴处。

我在宿舍里寻找周曼曼的身影，如果她也这么说，那我就真的信。

周曼曼没在，我一阵头疼。

"你们怎么今天起得这么早？"

姜蓉见我语无伦次，以为我吓傻了："喂，到底怎么回事啊？姜炽天现在就在门外大喊你的名字，全楼的人都知道他是来找你的！"

心里的担忧终于变成了现实。

我相信以姜炽天的为人，他要是做出什么事情来一点儿也不奇怪。如果我不出去，那他必然会闯进来。

无奈，在众目睽睽和窃窃私语之下，我只能匆匆洗漱收拾，然后硬着头皮走出了宿舍大楼。

姜炽天站在门外的空地上，高大的身形和完美的长腿显得那样突兀。清晨的阳光斜斜地洒在他肩膀上。

不得不承认，姜炽天有一种与生俱来的高贵气质，而这种气质在淡淡的光晕下显得越发明显。他就站在那儿，即使不说话，也是一道极具吸引力的美景。

很多女生从窗户探出头，仿佛笼子里的鸟儿一般，叽叽喳喳，连说带笑。

我深吸一口气，快步走到他面前。

第二章　我喜欢上你了

不过是一场逃不脱的战争，对我来说稀松平常。

我昂起头，先发制人："姜炽天，你……"

谁知话还没说完，他就一把抓住了我的手腕，他年轻的脸庞充满朝气，神采飞扬地宣布："给你的，早饭！"

"什么？"

我呆若木鸡，被这一幕反转剧弄得精神恍惚。

不等我有所反应，他便将便当盒塞进我手里，满脸得意，似乎完全忘了我昨晚曾用腿袭击过他。

我握着热腾腾的便当，突然间不知所措。

"喂，我站了快半个小时了，你怎么一点儿都不感动呢？"姜炽天略显失望地抱怨。

我惊诧地望着他，一时间找不到合适的说辞，但我敢肯定这绝对不是我认识的那个蛮横高傲的姜炽天，于是我脱口而出："你的脑子是不是被我打坏了？"

姜炽天挑了挑眉毛，脸色闪过一丝尴尬，随后摆摆手："好啦！快吃吧！中午一起吃午饭！"

说完，他自顾自地迈步离去。在他转身的那一瞬间，我竟然不小心看到了他微微泛红的侧脸。

我站在寒风里瑟瑟发抖，到底发生了什么事？

其实，意料之外的远远不止这个，之后一连好几天，姜炽天早上都会准时出现在宿舍楼前给我送早餐；每天中午都会准时出现在我的教室门外，不由分说地将我拉去食堂，买好饭菜放在我面前；每天晚上都会守在我打工的咖啡店，点一杯菠萝汁，美滋美味地喝上三个小时，然后再像个保镖一样将我安全护送回宿舍。

他像个定时闹钟，雷打不动，磐石不移，时刻展现着从敌对到暧昧的跨度反差，但也时刻提醒着我内心蠢蠢欲动的不安。

终于有一天，我忍不住爆发了。

那晚，路灯昏黄，我踩着姜炽天的影子，乐此不疲。

突然，我猛地转过身，瞪着他："姜炽天，你到底想要干什么？"

他把双手插进口袋，耸耸肩，不置可否。

我满脸惊讶："姜炽天，如果你怪我打了你，你完全可以再向我宣战，我会随时迎接挑战。"

"你不喜欢现在这样？"他突然反问道。

我当然喜欢被人照顾，但那个人肯定不是姜炽天。

他越是这样，我就越害怕，那个噩梦也就会将我越缠越紧，无法呼吸。

"不喜欢！我知道你一直看我不顺眼，但你现在这样算什么啊？我宁可你像以前那样直截了当地向我报复，也别用这种软绳子来勒死我！"这几天意外来得太多，我找到了可以发泄的当口，就忍不住一股脑全都说了出来。

"可我喜欢。"

他还是一副无所谓的腔调，听得我牙根直痒痒。

"你到底想要怎样啊？你要怎样才肯放过我啊？"

"我不会放过你的。"他说得十分轻松。

我变得有点儿抓狂，攥紧拳头冲着他大喊："你有病啊！上次在咖啡店我已经做出退让了，你为什么还要一直为难我啊？"

姜炽天沉默片刻，缓缓开口："因为……我好像喜欢上你了。"

这句话像一个炸雷，炸得我脑子直发蒙。

我心虚地转移话题："你真的被我打傻了吧？"

"明天开始和我约会！"他又扔出一句，语气笃定，志在必得。

"不可能！"

"必须的。"

"绝对不可能！"

"那后天开始，于陆就会从这个学校永远消失！"他终于使出了杀手锏，让我已经迈开的步子不得不再次停下来。

"你真无耻！"

"无所谓。反正学校也不差他一个。"他说得很轻松，似乎这样决定别人人生的做法就像嗑瓜子那么简单。

但我明白，这种卑鄙下流的事，他一定会说到做到。

看我呆呆地站着，姜炽天的嘴角又挂上那抹得意的笑容，他走过来，把手臂搭在我肩上，使劲一揽："哎呀，好冷呀！还是这样比较暖和哦！回学校喽！"

姜炽天一直都知道于陆是我的软肋，只要他拿于陆威胁我，必定屡试不爽。

我无力反抗，只得任由他揽着自己向学校走去。

这是我第一次和他肩并肩前行，但我并不觉得尴尬，因为此刻我满脑子都在想象着如何扇他耳光，如何拔掉他的牙！

然而和姜炽天的赌注，我必输无疑。

于是从第二天开始，我除了之前的生活内容之外，还多了一项活动，那就是和他约会。

我从没有和哪个男生约会过，就连当年得知了林茂的心意后，我也没有和他单独相处过。

对于姜炽天提出的约会，我如同惊弓之鸟，生怕他做出什么出格的事情来。但后来才发现，他所谓的约会，也不过就是早中晚饭一起吃而已，唯一不同的是，晚上打工之后，在回学校的路上，他不再和我一前一后，而是要求我肩并肩和他一起走，最可恨的是，一路上他还要把胳膊搭在我的肩膀上。

他说这样可以省力，也可以取暖，一举两得，何乐而不为？

渐渐地，我竟也慢慢习惯了姜炽天的存在，而且，越是相处得久，我就越发现他和传言中的形象大相径庭。

开心时，他会快乐得像个孩子；生气时，他又会摆出一副久违的傲慢模样。我不理他，他满脸委屈；我理他，他又立刻得意忘形。

我不知道这样微妙的关系是从何时开始的，我也不止一次地问过

第二章 我喜欢上你了

— 051 —

他喜欢我什么。

可他总是避重就轻，瞪着我说："喜欢就是喜欢，不可以啊！"

我语塞，只能无力地回瞪他。

触不到的你
UNABLE TO TOUCH YOU

第三章

旧事重来

01 谣言猛于虎

在学校里，姜炽天从不避讳和我的亲密举止，就连吃饭时，兴致来了也会不管三七二十一主动给我夹菜喂饭。

我对他这种行为表示恶心，可他不以为然，说漫画书上都是这么画的，男朋友一定要对女朋友呵护备至，夹菜喂饭就是第一项。

我傻笑，完全不想回应他这种恋爱理论。

很快，学校的每个人都熟知了我和他的关系。他这样明目张胆的行为，除非是瞎子，否则想不看见都很难。

自从认识了姜炽天，我永远都是众人谈论的焦点，这和我的初衷完全背道而驰。

如今，依然如此。

无论我走到哪儿，都会看到三三两两聚在一起的人，交头接耳、窃窃私语，就连宿舍里，也不例外。

陈晓阮自从得知了这件事，已经哭了好几次，她说她虽然明白自己不会和姜炽天有什么交集，但她万万没有想到，姜炽天喜欢的那个人竟然会是我！她说我是蔫驴踢死人，悄无声息地就抢走了她的偶像。

学校里盛传着我是如何死皮赖脸地倒追姜炽天，版本之多，无从考证。

我当然不能告诉她事情的真实情况，也不知道该怎么说，所以只能任由她听信学校里的传言。

"顾箐箐，我要跟你绝交！"陈晓阮扔下一句话，然后撕掉了所有跟姜炽天有关的东西，抹着眼泪跑出了门。

我哭笑不得，其实不过是一场所谓的恋爱毁掉了一份所谓的友谊而已，如此，我还是能够应对得了。

倒是姜蓉，她用那双黑溜溜的大眼睛从上到下来来回回打量了我足足三分钟，然后仰天感叹道："顾箐箐，你是猴子派来收复大魔头的吧！"

接着，她又鬼鬼祟祟地挤到我床上，问我："说说，你用了什么办法？"

"没有啦！"我摊着双手，一脸无辜。

"没有？我才不信。"姜蓉十分肯定，"姜炽天是谁啊？他可是清源学院一等一的大魔王！除非道高一丈，否则怎么可能收复他的心？来嘛，来嘛，说说看嘛。"

第三章 旧事重来

她像甩面条一样把我摇得晕头转向，我只得投降，赶忙找了别的话题："姜蓉，你相信学校的传言吗？"

"说你主动勾搭姜炽天的那个？"

我沉默地点头。

"凭我对你的了解，你肯定不会那么做！"她摇摇头，又看看我，翻着白眼说，"就算是真的，也得要方敏茹那种身材的才有效果吧？再看看你，姜炽天又不洗衣服，要搓衣板干什么！"

我刚喝进去的一口水全喷了出来，愤恨地道："姜蓉，我要跟你绝交！"

02 旧事、噩梦

寒假，基本上所有学生都早早回了家。

我无家可归，在给学校写了申请之后，基于我本人的特殊情况，学校特许我住在宿舍里。

妈妈打来电话，依旧是小心翼翼的语气："箐箐，你什么时候回来呀？要不要妈妈去接你？"

"我不回去了。"我一点儿也不想听到她的声音，更不愿意回想那曾经的点滴。我在传达室大爷惊诧的目光中摔了话筒，然后告诉他以后有我的电话不用再叫我了，直接挂掉就好。

姜炽天看着我，眉宇间存着疑惑："为什么不愿意回家？"

我头也不回，执拗如常："要你管！"

很快，偌大的校园就变得空空荡荡，这让我的生活一下子清静许多。

姜炽天也没有回家，每天，他都依然会准时在我眼前出现。

"你为什么还不回家？"我问他。

他白了我一眼，以牙还牙："要你管。"

于是我真的不再管他，只当他是透明人。

他又会满脸幽怨："你这丫头也太不温柔了！我不回家，是要保证你一日三餐有饭吃，不会被饿死！你是不是该感动得扑到我怀里来？"

说着，他坏笑着向我张开双臂。

我啐了他一口："不要脸。"

即便如此，我依然十分感激他。我必须得承认，有了他的陪伴，原本孤单无聊的寒假竟也变得生动有趣起来。

开学后，我以为众人应该已经逐渐淡忘了那件事，但没想到，"孙大圣派来执拗小魔女，大魔王俯首就擒甘掏心"的帖子依旧放在论坛的置顶位置。

当然，这还得承蒙姜蓉所赐。

不过没多久，另一个帖子就抢了它的风头，只是我没想到，那帖子依然和我有关。

第三章
旧事重来

那天刚回到宿舍，姜蓉就跟喝了鹤顶红一样，面容扭曲，声音嘶哑。

她把我拉到电脑前，指着帖子给我看。

帖子名叫"杀人犯女儿假扮苦情女骗得王子心"，发布时间是前一天晚上的十点二十九分。

一石激起千层浪，帖子一发，立刻就引来无数跟帖回复——

猫咪不说话：天啊！顾箐箐的爸爸原来是个杀人犯啊！

一夜疯牛：五岁的小姑娘，怎么下得去手啊！千刀万剐都不为过！

电脑没开关：子承父业！不知用什么手段骗到了王子的心！

叶子：哎呀，地球人都知道的。话说三遍淡如水，但本人还是要说，顾箐箐真不要脸！

流浪兔子：我的王子！泪流满面！

花花：楼主，没图没真相！

我是ABC：楼上的，楼主在帖子里写得很清楚了……

月光倾城：应该把这种人赶出学校！

哆啦叫A梦：没错，丢不起那人！

西瓜皮：楼主，继续等爆料！

……

姜蓉边看边骂。

而我早已浑身发软，仿佛头上被蒙了塑料袋，就连呼吸都变得困难起来。那不堪的往事一幕幕铺天盖地地席卷而来，将我一下就击倒在地，无力翻身。

因为，我看到了发帖人的名字：关子晴。

很少有人用自己真实的名字做网名，除非她想不出可心的网名，或者别有用心。而关子晴，我敢肯定是第二种。

"箐箐，你认识这个发帖的人吗？"姜蓉小心翼翼地问我。

我点点头："她是我的小学同学。"

姜蓉识趣地闭了嘴，转身去做自己的事。

我坐在电脑前，浑身虚脱，脑子里一片空白。

关子晴，也来这所学校了吗？

浓浓的不安一直持续到第二天中午放学，当我走进食堂的时候，立刻引起一片低语，也就是在那时，我看到了关子晴。

她比以前看起来稍胖一些，还是一如既往地扎着标志性的马尾辫。

我站在原地，突然感到眩晕，直觉告诉我，我所竭尽全力逃离的灾难即将又一次到来。

果然，她看到我，放下手里的筷子，冲着我微笑，然后招招手，大声喊道："顾箐箐，你爸爸坐牢这么久，你怎么也不去看看他呀？"

"哗——"整个餐厅喧哗起来，无数目光像探照灯一样齐刷刷地照在了我身上。

第三章 旧事重来

我紧紧抿着嘴，心里慌张又愤怒。

我走到关子晴面前，恨恨地盯着她，压低声音质问道："关子晴，你为什么要这么做？"

关子晴哈哈大笑，忽而又冷了脸色，一双杏仁般的大眼睛里冒出寒意，她说："顾箐箐，你永远都对不起我！"

我愕然，这句话让我不寒而栗。

望着她年轻漂亮的脸庞，我恍惚间似乎又看到了那个满脸洋溢着青春笑意的女孩，在教室窗明几净的玻璃上写着她的心事：我喜欢林茂。

那时的关子晴开朗、活泼，人长得也漂亮，很多人都喜欢和她做朋友。

那时的我，性格孤僻又倔强，因为爸爸的事情，我拒绝和任何人说话，经常都是独来独往。班里没有人喜欢我，我不在乎；没有人关心我，我也不在乎。因为那时我有一个贴心的好朋友，林茂，这就够了。

我第一次知道关子晴喜欢林茂是在一次放学后。狭长的小巷口，林茂站在那儿，干净的白衬衣下，颀长的身形略显单薄。

几近傍晚，天空有些灰蒙蒙的，又是大雨快要到来的征兆。

我背着沉重的书包，慢吞吞地向巷口走去。

忽然，一阵轻快的脚步声从我身边跑过。我抬头望去，是关子晴。她的马尾辫一甩一甩，像跳跃的小鱼。

关子晴径直跑到林茂的面前，停了下来。

"林茂，我是关子晴，这个给你。"说着，她双手捧着一个粉色的信封递到了林茂的面前。

关子晴扬起漂亮的脸，星星般的眼睛里是林茂诧异的脸庞。

林茂就那样站着，双手插在裤兜里，他的发梢低垂，隐约遮住双眼，让人看不清他的神色。

我停下脚步，不知是该前进还是后退。那时的我，只把林茂当成可以交心的朋友，但对于这一幕，我竟有点儿不知所措。

时间一分一秒地过去，林茂始终站在原地，没有任何回应。

关子晴有点儿尴尬，但她还是将最美的笑容展现在林茂的面前。

"我们做朋友吧？"她歪着头笑着说道。

林茂平静的眼里没有任何波澜，他后退半步，缓缓说道："对不起，我不认识你。"

关子晴的笑容僵在脸上，双手愣在了半空中，就在这时，林茂看到了我。

"箐箐，你怎么了？"他说着，就朝我跑了过来，把关子晴晾在身后，不管不顾。

"你又和别人打架了？"林茂看着我身上和脸上的污渍，关切地问道。

我对他的问题完全没有听进去，因为我的目光越过他的肩膀，看到了关子晴失望而又愤怒的神色。

第三章

旧事重来

我小心翼翼地别开脸，闭着嘴不吭声。

见我不说话，林茂从书包里取出一张纸巾递给我，说道："擦擦脸，我们走吧。"

我犹豫着要不要提醒林茂，关子晴还在那儿，可就在这时，天空突然下起了大雨。豆大的雨点"噼里啪啦"的从空中砸下，摔在地上。

几秒钟的时间，已是雨雾弥漫。

林茂用书包挡在我头上，拉着我向远处跑去，慌乱中，我想要说的话也不知不觉地被抛在了脑后。

大雨滂沱，关子晴的头发和衣服很快被打湿，雨水滴滴答答地流下来，她垂下双手，长长的睫毛下，一双大眼睛黯然失色。

我以为关子晴会因为这件事情对我恨之入骨，可没想到第二天，她却忽然乐呵呵地跑到我面前坐下，然后眨着眼睛问我："顾箐箐，你是不是和林茂很熟呀？"

我迟疑地点点头。

"太好了！"她拍拍手，笑了起来。

我不知道关子晴是什么时候喜欢上林茂的，据她说是一次偶然的机会认识林茂的，这个机会是什么，我是很久之后才知道的，正是那次我被小屁孩欺负，林姗姗绕道而行，林茂却递给我纸巾的时候。

那时候她看到这个帅气白净得像是漫画里走出的男生时，用她的话说就是，一瞬间，心里满满都是温暖的感觉。

从那天起，她和我的关系陡然亲近起来，有很长一段时间，每天下午放学后，她都会和我一起走。

其实我明白，她并不是真的想和我做朋友。爸爸的事情闹得沸沸扬扬，在那个不大的小镇，这件事就像一枚重磅炸弹，每家每户都把它当作茶余饭后的点心嚼来嚼去，每个孩子都把我看成避之不及的祸患，关子晴看似和我关系不错，但她与我聊天的内容只有林茂。

林茂对关子晴的加入不冷不热，始终保持着客气的距离，无论关子晴如何找话题和他聊天，他总是淡淡一笑，算作回应。

三人行的状态一直持续到关子晴生日那天，最终还是土崩瓦解。

那天刚好是周五，课间，关子晴悄悄把我拉到一旁，递给我一个信封，说道："箐箐，你能不能帮我把这个交给林茂？"

我当然点头答应，这对我来说没有任何利害关系。

那天下午，关子晴说有事不能和我们一起走，我想她是为了避免尴尬吧，毕竟，她的信由我这个外人当着她的面给出去，总是觉得尴尬的。

那天我做值日，等把班里打扫干净，天色已经渐渐昏暗了。

我收拾好书包，锁上教室的门，这才向楼下走去。

谁知刚走出教学楼，身后突然多了一道力量，我防备不及，猛地趴在了地上。

第三章
旧事重来

03 不该有的表白

"死丫头！为什么你还好好地活着？你怎么还不去死？"

几个女生走过来围住我，其中一个女生劈头盖脸就朝我扇巴掌。

我挣扎着用手推开她，抹掉鼻血，将衣服拉扯整齐，厉声大喊道："我为什么要死？你们越是想我死，我就越要活得好好的！"

我的倔强劲儿又上来了，每天都要面对很多次大大小小的战争，我不认识这个女生，但对她的挑衅行为，我一点儿也不觉得意外。

那女生望着我，愤怒地涨红了脸庞，眼泪竟然汹涌而出，带着哭腔指着我说："都是因为你爸爸，我表妹才会死得那么惨，你知不知道我舅妈现在每天哭，哭到眼睛都快看不见了，我妹妹躺在冰冷的地下，而你，却还能站在这儿大气不喘地说话！"

她抓狂一般，拿起我的书包，把里面的书取出来，发疯似的撕成了碎片，她一边撕，一边咬牙切齿地发泄："上学？你爸爸做出那样不要脸的事，你还好意思装模作样地上学？我要你去给我表妹做伴！"

我一愣，来不及细想她的话，那几个女生上前就对着我拳打脚踢。

"啪啪"的耳光扇在我脸上，我已经忘记了疼痛，满脑子都是她那句"都是因为你爸爸"。

忽然，恨意将我的心塞得满满的，我挥起拳头，仿佛想要冲破束缚已久的牢笼，试图找到一个解脱的出口。

我越是反抗，她们就越是打得凶狠。

挣扎中，她们扯掉了我的上衣，我上身只剩一件薄薄的小背心。

"父债子偿！顾箐箐，你下地狱去吧！"

那女生手里不知什么时候多了一支削尖的铅笔，她红着眼，毫不留情地朝我刺过来。

我尖叫着，下意识地用胳膊去挡，突然间就觉得手臂一阵钻心的疼。

那女生不肯罢休，接二连三地挥舞着手里的铅笔刺来。

那个时候，我被另外几个女生抓得死死的，动弹不得，毫无招架之力，只能无力地承受着这一切，神志渐渐模糊。

恍惚间，我看到了从远处飞奔而来的林茂。

他的脸苍白无比，就连嘴唇也变成了灰白色。

女生们看到他，意外中夹杂着惊讶，也许她们找准了时机，断定了学校不会再有人，却没想到突然冒出个男生，于是，她们拔腿就跑。

我也随之瘫软在了地上。

当我再次醒来的时候，已是第二天晚上。

白色的墙壁、白色的床单、白色的灯管和白色的林茂，他担忧的

第三章

旧事重来

脸上挂满疲惫。

除了他，房间里没有其他人。

多可笑，我进了医院，口口声声说爱我的妈妈却不见了踪影。

"箐箐，你终于醒了，觉得怎么样？"林茂见我醒来，立刻俯身问道。

我略微动了动，撕裂般的疼痛钻入心扉，让我忍不住龇牙。

"别动，医生说没有伤到筋骨，不过你放心，没什么大碍，但要留院观察两天。阿姨陪了你一天，我让她先回去休息了，晚上我在这儿，你放心休息吧。"

他一股脑说了很多话，我的耳朵嗡嗡作响，听得不是很清楚，但逐渐恢复的意识让我紧接着羞红了脸。

他是怎么送我来医院的？

后来林茂笑我傻气，他说那个时候他紧张到不行，哪有心情看这看那，满脑子只想着赶紧把我送到医院。

我真的特别感激他，真的。

林茂倒了杯水，用棉签蘸着水一点儿一点儿抹在我嘴上，我的头不能动，每次舔舐嘴唇都会引起撕心裂肺的疼痛。

他的眼底涌上疼惜，目光落在我脸上许久，然后拉着我的手，深情地说道："箐箐，以后，我不会再让你一个人承受，让我来保护你吧。"

我沉默，空气中弥漫着尴尬的气氛。

半晌，我舔舔嘴唇，挣开他的手，小声说道："林茂，谢谢你。"

然后，我便不知该再说些什么。

一整晚，林茂没有再说过一句话，他安静地守在我身旁，让我感到无比安心。

我是真的感谢他，但我不能连累他，不能让他平静的生活因为我而变得混乱不堪。所以，我只能选择拒绝。

医生宣布我可以出院，是三天以后了，我的头上缠着纱布，被妈妈接回了家。那些欺负我的女生也被学校记过处分，并且纷纷退了学。

妈妈眉间眼底全是愧疚："箐箐，都怪爸爸妈妈不好，才让你受了这样的罪。"

我不想理她，更不想看她的眼泪，所以转身就回了房间，并锁上了门。

等我再见到关子晴的时候，她已经不再理我了，每每看到我时更是恶狠狠地瞪我。

我忽然意识到，我忘记了一件对她来讲很重要的事。

后来我才听说，在关子晴给我那封信的第二天，恰好是她的生日，她给林茂写信，是想约他一起去爬山，可没想到我竟遇到那样的事。

信没有送到林茂的手里，不承想第二天竟然又下起了雨，可关子

晴还是一个人傻傻地在山脚下等了整整一天，回来后感冒发烧，也在床上躺了好几天。

林茂对我说，就算他拿到了信，他也不会去的，让我不要太自责。

但这件事终究是因为我的疏忽，所以我总想找个机会和关子晴说声抱歉。

可最终，她只是冷冷地回了我一句话："顾箐箐，你永远都对不起我！"

我们的友谊就此终结，直到我最后离开小镇，关子晴都没有再和我说过一句话。

我以为我们的生活从此会朝着不同的轨迹发展，可没想到，如今，她竟然活生生地站在我面前，冷傲自若。

04 姜炽天，救我

我站在餐厅里，浑身僵硬。

关子晴的目光就像一把尖刀，把我刚刚穿好的盔甲一片一片削下来，不留一点儿余地。

餐厅里，人声喧哗。

"嘿，你们瞧，长得人模人样的，没想到她爸爸竟然做出那种事情。"

"可不是，估计一家人都小瞧不得，不然她怎么能在这么短的时间里勾搭上姜炽天啊。"

"谁知道用了什么不要脸的手段。"

"她爸爸那事是真的吗？"

"要是诬陷，两个人还不得打起来啊！"

"听说发帖的是她的小学同学，内幕多着呢。"

……

我的耳边闹哄哄的，全是议论的声音。

"哦，你们还不知道吧？顾箐箐的爸爸在我们那儿可有名了。五岁的小女孩，她爸爸居然也下得了手……啧啧啧……"关子晴故意提高声音，对周围的人比画着。

众人鄙夷的目光纷纷落在我身上。

面对关子晴，我忽然萌生出一种从未有过的挫败感，这远比我被那几个女生打伤入院更来得猛烈。

虽然她从始至终都没有认真和我做过朋友，但我不恨她，那件事，终究是我欠她的。

只是，林茂离开了，关子晴的心竟也跟着离开了。

我努力深吸一口气，想要转身离开，谁知被人挡住了去路。

"你就是发帖的关子晴？"方敏茹的目光越过我的肩膀，问道。她依旧踩着五厘米的高跟鞋，染着灰色的眼影。

第三章 旧事重来

“是的。”关子晴眼中闪过一丝警觉。

“很好。”方敏茹双臂环胸靠在一旁的桌子上，说道，“来，继续说，要听没听过的。”

关子晴见状，越发说得绘声绘色。

方敏茹的跟班拦在我面前，让我无法逃离。

就在我快要昏过去的时候，餐厅里忽然安静了下来。

紧接着，我看到了姜炽天。

他双手插兜，英俊的脸上青春焕发，他把头发梳上去，露出了宽阔的额头，使得他看起来越发帅气逼人。

“姜炽天，救我。”

我望向他，在心里不断地呐喊。

他也看到了我，嘴角扬起漂亮的弧线，朝我走过来。

我的手心忍不住都发热起来。

忽然，他停下了脚步，抬头望向餐厅墙上的电视。

“帝豪集团总裁姜明远昨晚突发脑出血，当晚就被送到医院进行抢救。据悉，姜明远病情危急，并且伴有严重的并发症，直到记者发稿时，手术已经整整持续了十个小时，目前，姜明远仍然没有脱离生命危险……”

我的视线从电视移到姜炽天的身上，才发现他的脸色非常难看。

他似乎忘记了我的存在一般，掏出手机，打了一通电话。

我听不到他说了些什么，只觉得他的神情渐渐转暗，脸上的笑容早已消失，取而代之的是一抹难以掩饰的寒霜。

打完电话，他没再看我，径直转身走出了餐厅。

"哈哈……"方敏茹放肆地大笑，"顾箐箐，美梦该醒了！别指望和姜炽天吃过几次饭他就真拿你当女朋友。瞧瞧，在他眼里，你什么都不是，你不过是一只宠物狗，除了摇尾乞怜，巴结讨好，混吃混喝，还能干什么？哦，对了，你还有爸爸，比你更肮脏的爸爸……哈哈哈……"

方敏茹的话引来一阵嘲笑。

我悄悄攥紧拳头，心却紧得发疼，鼻子忍不住酸了起来。

姜炽天，你不是说过，保护女朋友是恋爱守则最重要的一条吗？你不是总会在我为难的时候挺身而出吗？你不是扬言只有你才能欺负我吗？如今我被人孤立、被人嘲笑，你怎么可以这样转身就走，将我一个人丢下？

也许，方敏茹说的是对的，我本不该轻易在你温柔的目光中慢慢融化，不该在你闯入我的世界时，毫无防备地卸下伪装。

也许，这就是注定的结局吧。

姜炽天的转身，注定将我推回到以前那孤单无助的日子。

从那天起，姜炽天很少在学校出现，偶尔露个面，也是匆匆来、匆匆走，即使看到我，也装作好像不认识一样，没有和我说过一句话。

我一个人吃饭，一个人上课，一个人打工，一个人面对随时到来

第三章 旧事重来

的困境，满身疲惫地承受着学校里汹涌的流言。

尽管姜蓉用好几个小号帮我挺人气，但终究抵不过大势所趋，于是我不再关注论坛，不再关心外界的一切，我把自己的心重新封锁，装进厚厚的盒子里，认真保护起来。

一晃半个学期过去了，大家进入了紧张的备考阶段。宿舍里的人也不例外，就连姜蓉也减少了上论坛的时间，抱着书本往教室跑。

而我，依然忙碌在学校和咖啡店之间，为我的学费拼得头破血流。

考试的前一天，教导主任将我叫到教务处，拿着电话对我说："顾箐箐，警察局的电话。"

"警察局？"我惊讶地轻呼，不知发生了什么事，好半天才颤抖着双手接过了电话。

"喂，是顾箐箐吗？"电话那端传来一个低沉的男人的声音。

"是的，我是。"

"你爸爸自杀了，你过来一趟吧。"

男人言简意赅，说完就挂了电话。

我的心猛然一凉，仿佛周身的血液被瞬间抽干，耳朵边"嘟嘟"的声响就像一个个索命的小鬼，抓着我的心，用尖细的爪子一下一下地撕扯。

05 爸爸、妈妈和那个他

事情发生得太突然，我向学校请了假，连夜坐车返回了小镇。

第二天，我在警察局的太平间里见到了我的爸爸。这是他入狱三年来，我第一次见到他。

他老了，也瘦了，躺在冰冷的床板上，灰白的脸上平静安详，与世无争。

老警察是我爸爸的旧友，他的目光落在我脸上，略显惋惜："其实，这案子查到现在，应该说已经有些眉目了，很多新的证据都说明，你爸爸似乎并不是那起杀人案的真凶，也许凶手另有其人。你妈妈也一直在为这件事情奔波，本来还指着等到合适的时候帮你爸爸翻案呢，可没想到他竟然忍受不了继续待在牢里而选择了自杀。唉，真是可惜啊。"

我听着，眼泪终于忍不住滚落下来。

虽然爸爸曾经好吃懒做，嗜赌成性，每个月都会花光家里所有的钱。但无论如何，那时的我，还有个爸爸，还有个家。可如今，家破人亡，一切都改变了，一切都回不去了。

我望着他冰冷的面容，心里悲伤至极。

我心里清楚，无论他是不是真凶，我都已经选择了原谅。

第三章

旧事重来

太平间里寒气逼人，但我丝毫感受不到寒意。我就那样呆呆地站着，泪流成河。

"箐箐——"

忽然，一个柔软的声音在我身后响起。

我转过身，是妈妈。她两鬓斑白，眼角也多了皱纹。

才多久不见，刚过四十岁的她，竟然连头发都白了。

我一阵心酸，回想起小时候赖在妈妈怀里撒娇的时光，酸涩让我的眼泪更加汹涌。有那么一瞬间，我真想扑进她怀里，抱住她温暖的身体，大哭着释放自己的委屈。

但我并没有那么做，因为我看到跟在妈妈身后进来的，竟然是那个人。

那个曾经被我撞见，和妈妈拥抱的男人。

与此同时，我的心不知被什么东西猛烈地撞击，那种鄙夷怨恨的情绪又重新将我笼罩起来，让我无法呼吸。

我红着眼睛，噙着眼泪，攥紧了拳头，身体绷得紧紧的，抑制不住地大喊出声："你们真是不要脸！现在你们满意了？爸爸死了，这下你们可以肆无忌惮地在一起了！"

妈妈欲言又止，把紧张询问的目光投向了我身边的老警察。

老警察见状，连忙轻轻拍着我的后背，示意我稳定情绪，然后缓缓说道："箐箐，不要激动。"

我怎么可能不激动？如果没有那个男人，我的家怎么会变得支离破碎？如果没有这些事情，我的生活怎么可能变成现在这样？

我恨他！更恨她！恨得几乎要发疯！

我指着妈妈，眼泪纷纷落下，不顾一切地边哭边喊："你怎么这么不要脸？是不是爸爸坐牢你特别开心？现在你带着你的情人来这种地方，是不是就想在爸爸面前示威？你赢了，爸爸死了，你可以和他远走高飞了！"

"箐箐——你听我说——"妈妈试探性地向前迈步，小心地呼喊。

"不要过来！不要叫我的名字！大家说得没错，你就是个不要脸的女人！你根本不配做我的妈妈！我恨你！恨死你！我再也不要见到你！永远都不要！"

我发疯一样地大叫，蹲在地上，抱头痛哭。

那男人扶住摇摇欲坠的妈妈，表情略显不满："箐箐，事情不是你想的那样……"

"住口！"我恶狠狠地打断他，"你有什么资格跟我说话？你这个破坏别人家庭的第三者！你怎么不去死？你们都应该去死！去死吧！去死吧！"

我放声大哭，积压已久的情绪在瞬间爆发。世界仿佛忽然间安静下来，我理不清头绪，只能一味地发泄。

妈妈的泪水早已将有了皱纹的脸庞打湿，她望着我，眼神中充满绝望。

　　很久以后，我对自己说，如果再回到这个时刻，我绝不会任由情绪主宰而说出那样绝情的话，绝不会刻意撕裂母女间原有的感情。可惜时光不可逆转，在我将锋利的刀深深地扎进了妈妈的心里时，一切为时已晚。

　　妈妈怜爱地看着我，脸上的表情复杂又悲哀。许久，她留下一句"对不起"，忽然拨开那男人的手，快步向门外跑去。

　　时间仿佛在那一刻停止，我望着她消失的背影，听到门外响起刺耳的刹车声，滚下的眼泪在那个瞬间凝结成冰。

　　我明白，一切，都结束了。

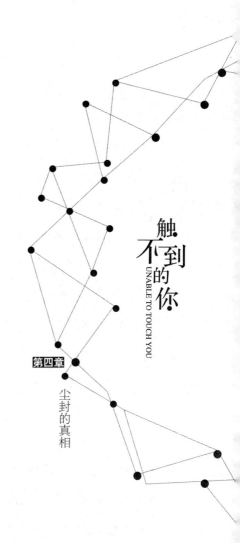

触不到的你
UNABLE TO TOUCH YOU

第四章

尘封的真相

触不到的你

UNABLE TO TOUCH YOU

01 爸爸的解脱

我发誓，以前说过的那些都是发自内心的真心话。

我讨厌我的父母，讨厌爸爸犯下那样的罪行，讨厌妈妈做出那样的事情。

是他们让我的生活蒙上了阴影，是他们让我终日陷在嘲笑讥讽的目光中，是他们夺走了我原本简单快乐的童年。

我恨他们，所以我说我希望他们都去死，希望自己摆脱所处的困境，希望他们永远地离开我的生活。然而，当他们真的都离我远去的时候，我才意识到，我的内心竟是如此的恐慌和无助。

我总是做让自己后悔的事情，如同当年倔强的故作坚强，直到抱住林茂才会失声痛哭一样。

空空荡荡的房间里，光线昏暗，傍晚天气又阴沉了下来。

这个小镇，仿佛有着下不完的雨。

坐在床边，我几乎已经虚脱。

我心里非常难过，非常悲凉，可就是没有力气哭出来。胸口像堵了一块大石头，压得心里沉甸甸的。

爸爸的脸、妈妈的脸、林茂的脸好似电影剪辑一般在我的脑海中不停闪过，像一个个响亮的巴掌，"啪啪"的抽打着我。

忘记是哪本书上写过这样一句话：在这个世界上，当你喊出"妈妈"时，总会有一个声音温柔地应答，如今妈妈不在了，无论你再怎么竭尽全力地大喊，都不会有人再回应，从此，你在这个世界上将变得孤独、寂寞，直至终老。

现在的我便是如此。

当我再想起妈妈，总是会想到她那双哀愁的眼睛，她那小心翼翼地语气。当她绝望地奔向门外的时候，那辆车撞到的不仅是她柔软的身体，更是我本就已经支离破碎的心。

那时的我发疯一样跑出去，看到她倒在地上，鲜红的血顺着她的额头流下来，触目惊心。

"妈妈——"我扑倒在她面前，把她的头放在腿上，拼命地大喊。

不，不，不要和爸爸一样，不要丢下我！求求你！

我卸下伪装，在心里不断地哀求，可最终还是无济于事。

妈妈抬起疲惫的双眼，虚弱地望着我。虽然我听不到她的声音，但我知道她还在对我说："箐箐，对不起。"

第四章
尘封的真相

那一刻，我止不住泪如泉涌。

我仰起头望着冰凉的天花板，下意识地环抱住自己。

这个家，真的不存在了。

从今天起，我将成为一个真正孤独的人了。

"丁零零——"

刺耳的电话铃声陡然响起，是老警察打来的。

"箐箐，你在家？"

"嗯。"

"你还好吧？"

"嗯。"

或许是我的声音太低沉，老警察再三确认我没事之后，迟疑了片刻，才说出打这通电话的意图。

妈妈的意外属于交通事故，肇事车辆由于车速过快，要负事故的主要责任，至于一些其他的后续事宜，还是需要我亲自去一趟。

我听完，挂掉了电话，拖着轻飘飘的步子，又一次来到了警察局。

我不喜欢这里，总觉得空气中隐约飘荡着来苏的味道，像极了那个狭小湿冷的房子、那张极度冰冷的铁床，仿佛时刻在提醒着我父母离世的事实。

老警察见到我，悲悯的目光在我脸上停留了片刻，然后叹息道："唉，孩子，你真是命苦啊！"

我忍住悲伤，垂下眼帘，不想说话。

他拿出了一沓文件，有文字的、有表格的，然后开始向我一一说明。

我的脑袋空荡荡的，根本集中不起精神，只看到他的嘴巴在动，却完全听不到他说什么。

好一会儿，他拿起笔递给我，说："来，在这里、这里，还有这里签上名字。"

我的目光随着他手指的地方，一个一个地写上自己的名字，我不懂那些文件，也不想去细看，现在的我，已经没有值得用心牵挂的事。

颤巍巍地签完自己的名字，办完所有的手续，我终于开了口："能让我再见见他们吗？"

老警察当然知道我指的是什么，按照规矩，没有合理的理由和手续是不可以随意进出警察局太平间的，但是由于我的情况特殊，老警察点了点头。

十分钟后，我再次站到了爸爸妈妈的面前。

妈妈脸色灰白，额头上的疤痕依然清晰可见，我望着她，心在一点儿一点儿往下沉。

我多希望她此刻能睁开眼睛，笑着对我说其实她只是和我开了个玩笑而已。

"爸爸——"我轻声呼唤。

"妈妈——"

第四章

尘封的真相

她没有回应。

他们睡得很沉，木然的脸上没有表情。

终于，我再也忍不住，放声大哭起来。

我深深明白，这将是我最后一次看到他们了，就像我最后一次见到林茂一样，他们将再也不会出现在我的身边，再也不会用熟悉的声音和我说话。

永远，永远。

02 无法启齿的往事

老警察走过来扶着我，低声说道："孩子，不要哭。今天下午会有殡仪馆的人来，三天后火化。现在就剩你一个人了，你年纪还小，以后的路还长，千万不能做傻事啊！"

他还说了些什么，我记不得了，我更不知道自己是怎么回到家的。

我锁上门，关了灯，一个人躲在床角，像个被遗弃的可怜虫，就那样环抱着双腿，不动不睡，直到天亮。

第二天，我活动活动僵硬麻木的四肢后，在客厅的抽屉里找了两块饼干填了肚子，然后开始收拾妈妈的遗物。打开衣柜，我才发现妈妈的衣服竟然少得可怜，来来回回就那几件，有的已经洗得发白。

我把它们取出来，一件一件叠好，然后从床下取出箱子，想将这些衣物整理齐全，也就是在那时，我看到了一张照片。

照片被放在箱子最底层的一个木盒子里，那是一个很旧的盒子，边缘已经被磨得掉了漆，一看就知道年代久远，而那张泛黄的照片，同样也昭示着一段不曾被人知晓的往事。

那是妈妈年轻时的照片，丰满圆润的脸庞，大而清澈的双眼炯炯有神，唇边挂着浅浅的微笑，那时的她，是个十足的美人。

在她身边站着一个男人，同样年轻帅气。

我一愣，继而内心被满满的愤怒填满。

我气急了，固执地认为要不是这个男人，我也不会失去爸爸妈妈，更不会失去这个家。

我拿着照片，打开门，发疯一样地向他家冲去。

第一次去这个男人家，还是很小的时候。那天我提前放学，偶然看到妈妈匆匆路过。她没有看到我，而调皮的我也想给她个惊喜，于是蹑手蹑脚地跟在她身后，直到她走进那扇门。

我背着书包，悄悄趴在门缝处往里瞧，却看到妈妈靠在男人的怀里。她一定是哭了，否则她的肩膀为什么会颤抖？而他一定在安慰她，否则双手为什么会不停地轻轻拍打？

我不知道妈妈为什么哭，更不认识这个陌生男人，但就在那个瞬间，有颗种子已然在我心里生根发芽，而这颗种子，就叫怨恨！

也就是从那天起，我开始不理妈妈，小小的脸上总是挂着冷漠。

第四章　尘封的真相

我恨她，更恨这个男人。这种怨恨一直到那个下大雨的夜晚终于彻底爆发。

此时，我再次来找这个男人，同样也是因为怨恨。

我使劲推开大门，摔得门啪啪地响，旁若无人地走了进去。

男人坐在客厅里，见我进来，很是意外。

他的眼睛里布满红血丝，嘴角已经干裂出血，看上去比那天在太平间里见到时更苍老了。很显然，他也是一夜未眠。

"箐箐——"

"你说，你到底和我妈妈是什么关系？为什么她会有这张照片？你是不是很早就想拆散他们？你做什么不好，非要这样做？现在他们都死了，也会去另一个世界团聚，而你还是什么都没得到！报应！报应！"我把照片甩在他脸上，边流泪边大声吼叫。

照片的边缘将他的脸划出一道印记，随后落在地上。

他不说话，颤抖着手将照片捡起来，一瞬间，泪水竟涌了出来。

"你哭什么？你有什么资格哭？要不是你，我爸爸妈妈怎么会死？我的家怎么会破碎？所有的这一切都是因为你！你才是罪魁祸首！最该死的人应该是你！是你！"

我紧紧攥着拳头，用尽全身的力量，将长久以来的恨意和委屈在这一刻尽情发泄。

"没错，是我害死了你爸爸。"他双手抱着头，撕扯着头发。

我站在原地，冷眼看着他。

许久，他像自言自语一般，讲出了一段让我无比震惊的往事。

拍摄那张照片的时候，男人二十五岁，我妈妈二十三岁。从小一起长大的他们，算得上是青梅竹马的典范，两个人关系一直很好，甚至到了谈婚论嫁的地步。

然而，事与愿违。两人准备结婚的事情还没有正式提上日程，男人就被派往外地出差。从事地质勘探的工作，他出差的地方必然是与外界隔绝的深山老林。男人临走前，对妈妈承诺，一个月后归来，就和她举行婚礼。

可谁知妈妈在家等了一个月，没有等到男人的归来，却等来了他的死讯。

同事们说男人在崖边做勘探的时候，腰上的绳索突然断裂，摔下了悬崖，尸骨无存。

妈妈听完，便昏了过去，醒来时，已是三天之后。

她流着泪，也想到追随男人去另一个世界，可就在那时，她发现肚子里有了我。

在那样一个不大的南方小镇，在那样一个观念封闭的年代，未婚先孕是一件既可耻又丢人的事。

她沉默着，逃避着，却始终不愿伤害我。为了给我一个完整的家，为了不让我成为别人的笑柄，最终，她选择和另一个男人结了婚。

而那个男人，就是我的爸爸。

第四章　尘封的真相

爸爸是妈妈众多追求者之一，十几年间对她的感情都没有变过。在得知妈妈的困境之后，他毅然决定和妈妈结婚，并且承诺会将我视如己出。

在我的记忆里，爸爸虽然没有兑现他所说的"视如己出"，但也算是疼爱有加，平日里有什么好吃的，也会给我留一份，只是，他从来都没有参加过家长会。

在我五岁那年，男人竟然返回了小镇，他找到妈妈，说自己摔下悬崖时幸亏挂到了树枝上，后来被人搭救，这才捡回一条命。救男人的是一个民间探险队，由于他伤势太重，他们只能将他绑在担架上，并改变行程，把他送出了深山。

男人的头部受了重创，昏迷了很久，醒来时又有了短暂的失忆。守在床边一直照顾他的是探险队里一个年轻的女队员，在他失忆的那段日子里，他曾经一度认为他们是恋人关系，可直到有一天，他偶然从旧衣服里翻出那张和妈妈的合影，这才记起了所有的事。

他说他对不起那个女人，但他的心里只有妈妈，所以，他回来了，只是他没想到，妈妈已经结婚，并且有了我。

得知真相后，他希望妈妈离婚，和他重新开始。可妈妈觉得我年纪太小，不想给我的童年造成任何遗憾，因此选择放弃。

爸爸发现了男人的踪迹，心里便有了深深的不安。他将这种不安变相发泄出来，渐渐开始抽烟、酗酒、赌博。

没过多久，原本和睦幸福的家变得破败不堪。

男人不希望妈妈和我受苦，于是找到爸爸摊牌，试图争取回属于自己的幸福。他们约好见面地点，却不曾想会有意外发生。

昏暗的小巷边，歹徒将一个五岁的小女孩敲晕，并用刀子一点儿点划开女孩的衣服。就在这危急时刻，爸爸呵斥一声，冲上前去。歹徒见有人来，立刻慌忙逃窜。

小女孩满脸是血，呼吸变得越来越弱，小脸也越来越苍白。爸爸顾不得逃远的歹徒，立刻蹲下身来给小女孩做人工呼吸，不断按压心脏，就这样，他的手上和身上也沾满了小女孩的血。

不远处的男人看到了所有经过，并且报了警。然而，等警察赶到时，男人却改了口，说他只是刚刚路过，并不知道实情。警察依照现场证据，判定爸爸是杀人凶手，当即就把爸爸抓了起来。

"箐箐，是我对不起他，可是，我才是你的亲生父亲啊！"男人抬起头，望着我，悲痛欲绝。

我不可思议地望着他，不敢相信这个冷血的、一直被我视为第三者的男人竟然是我的亲生父亲。

我向后退去，连连摇头："你不是我爸爸，我爸爸已经死了。"

03 屋漏偏逢连夜雨

"我真的是你的亲生父亲啊！你等等。"

男人说着，走进屋里翻箱倒柜找了一会儿，拿着一张纸出来。

"如果你觉得我骗你，那你妈妈总不会骗你吧？"

那是一封信，烂熟于心的字迹的确属于妈妈，字里行间将我的身世写得非常详细。

我一句一句地看下去，僵硬的身体不由得跟着发起抖来。

"这是你去清源学院前，你妈妈写给你的信。因为你的脾气太偏，她不敢当面告诉你，但又不希望你一直误会，所以只能采用这种方式。可当时你走得太急，根本没有看这封信。唉，为此她好几个晚上都睡不好觉。"

他的话让我记起来，临走那天我的确在床头看到了一封信，我断定那是妈妈为自己做过的丑事在忏悔，所以压根就没心思看它。

"可是，如果你真的是我爸爸，为什么在我被流言困扰、被别人欺负的时候，你却躲在一边旁观？"我忍不住质问。

"我是想帮你，可是你妈妈说，如果那个时候说出真相，后果会更糟。"

"为什么？"

"因为案件当中那个和你同龄的小女孩杨姗姗，后来和你在同一个班。她妈妈在事发的时候，几乎求遍了小镇里所有的人，求大家不要告诉姗姗，她曾经被劫持过，担心这样的事情会给她造成心理阴影。所以，你妈妈无论如何都不让我说出真相。"

杨姗姗。我在心里冷笑，如果真相大白，她才是那个被嘲笑的对象，不知道心里会不会像我渴望她的帮助一样渴望我帮助她？

见我不说话，男人继续说道："没办法，我只能向当年的一个好友诉苦，他有个儿子，也在你们学校，我便拜托他在学校多多照顾你。"

我的心一颤："他叫什么？"

"叫林茂。"

"他什么都知道？"

"不。"

我呆住了，刹那间林茂的脸又跃进我的脑海。

那瘦削的脸上永远是温和纯净的笑容，好听的声音总会回荡在我耳边："箐箐，别怕，有我在。"

我觉得自己的身体飘了起来，眼前陡然一黑，差点儿跌倒。

原来，林茂只是个受长辈之托的好孩子。

想起林茂，我的眼泪就像断了线的珠子，不知是对这个真相太意外，还是对封存在心里的那点儿记忆太愧疚。林茂，终究没有辜负大人的希望，用他的方式保护了我。

"箐箐，我很后悔，真的。现在事情发展成这样，我也很难过，但日子还是要往前走，以后，就让我来照顾你吧，也让我尽一个做爸爸的责任，好吗？"男人哽咽着，期盼地望着我。

"你不配。"我冷笑着拒绝，头也不回地走出了门。

我鄙视他当年的所作所为，如同我曾经说的那些恶意的语言一

第四章

尘封的真相

样，都是发自内心。然而，这一次，我不会后悔，因为于我，他不过是个胆小懦弱的自私鬼罢了！

我用了一周时间处理完父母的后事。

简单地收拾了些东西，我将房门锁上，便踏上了返回学校的路。

这个永远下不完雨的小镇，承载了我太多的记忆，我不愿面对，唯有抛弃痛苦，逃离到远方，永远不再回来。

一下子失去两位亲人，我的内心承受着巨大的悲伤，因此，我变得比以前更加沉默寡言。

晚上，姜蓉坐在我身边不停地安慰我，陈晓阮也不计前嫌和我重归于好，就连天天神龙见首不见尾的周曼曼也出人意料地放弃了自习，在宿舍里陪我。

三个人将我围在中间，插科打诨讲着学校最近发生的事情，想借此转移我的悲伤。

听她们说，论坛的版主封了关子晴的帖子，原因是她侵犯别人隐私，扰乱学校正常秩序。

听她们说，于陆来找过我好几次，总是关心地问这问那。

听她们说，教导主任最近戴了假发，盖住了头顶上的地中海。

听她们说，学校餐厅聘请了一批新厨师，饭菜的味道比以前好多了。

我听她们说了很多很多事，但唯独没有人提到姜炽天。也不知她们是不是刻意避开不谈，这个姜蓉口中一等一的大魔头，好像从不曾在学校存在过一样。

她们不说，我自然也不会问。

那天餐厅里的一幕我还记忆犹新，我永远都不会忘记他转身的那一瞬间，那冷漠的眼睛里完全没有我的身影。

第二天，我去教务处销假，见到了教务主任的假发，果然比之前顺眼许多。

"顾箐箐，你家里的事情学校也听说了，有什么需要帮助的，你就说出来，学校一定会想办法解决的。"教导主任语重心长，推了推鼻梁上的眼镜，说，"我们学校对特困生也有一定的优待政策，等这学期期末的时候，你写一个申请，依我看助学金是没什么问题的。"

说完，他不自觉地理了理假发，看来这顶浓密的假发还没有让他完全适应。

我不会告诉他那起事故的肇事司机会赔偿一笔不少的费用。我留下了妈妈的银行卡号，老警察应允一旦赔偿金到账，就会汇进那张卡里。

而那张卡，我就带在身上。

但我不会从上面取一分钱，因为每一分钱，都沾染着妈妈的鲜血。

我不会告诉他这些，我只是乖乖地点头，说了句："谢谢。"

放学后，我早早去了咖啡店。

天气转暖，黑得晚多了，六点半的天空，还可以看到残阳的余晖。

第四章　尘封的真相

　　我找到老板，准备和他道歉，毕竟事发突然，我走的那天完全忘记了和咖啡店老板请假。这不是上课，这节不来，下节也可以补上，这是工作，我旷工，就意味着咖啡店的生意会受影响。

　　和利益挂钩的事情，是老板最关心的，也是最不容许出差错的。

　　果然，老板沉着脸，对我的突然出现也并没有多大意外。

　　"对不起。"我低着头，语气诚恳至极。

　　"顾箐箐，当初是看你老实本分，所以我才特别照顾你。可你怎么能连声招呼都不打就不来了？你知不知道，那时候我翻遍了所有的册子才找到顶你班的人？你这种做法简直太不负责任了。"

　　"对不起，那天家里真的有急事，所以……"

　　"急事？要是这些人家里都有急事，说不来就不来，那我这个店还要不要开？"老板一拍桌子，语气更加冷淡。

　　我想，如果我告诉他我着急回家是因为我爸爸自杀了，我一周之后才回来是因为我妈妈也出车祸了，那么他一定会原谅我的不辞而别，因为我知道他不是个硬心肠的人，否则他当初就不会不经过试用期就录用我。

　　然而，我站在那儿，什么也没说。

　　我不想旧事重提，更不想把心里的伤口再撕一遍。

　　见我沉默，老板从抽屉里取出一个信封，摆摆手说道："这是你这个月的工资，走吧。"

　　我明白事情没有回旋的余地，于是深吸一口气，拿过信封，轻轻说了句"谢谢"，便转身走了出去。

大厅里弥漫着咖啡的香味，悠扬舒缓的音乐回荡在店里的各个角落，一张张惬意舒心的笑脸看上去悠然自得。

我低着头，心情十分低落。

没有了生活来源，吃饭的问题便会迫在眉睫。

就在这时，我听到有人喊我的名字。

我循声望去，看到了李渊微笑的脸："嗨，顾箐箐。"

我没想到会在咖啡店碰到李渊，他举着外带杯冲我笑，我便也努力扯出一个笑容算是回应。

我和李渊交情不深，却一再得到他的帮助，这让我对他总有一种说不尽的感激。

而更让我没想到的是，第二份新的工作，竟然也是托李渊的关系找到的。

"顾箐箐，你怎么了？看上去不太开心啊？"李渊关切地问道。

我耸耸肩："刚刚丢了兼职工作。"

"这样……"他若有所思，然后点了另一杯外带咖啡，递给我说，"我请客，算是放下包袱，奔向新生命。"

我失笑，因为他戳中了我的痛处。但我必须承认，他说的是对的。生活，不就是无法重播的戏剧吗？

第四章

尘封的真相

04 新的工作

我和李渊一同回到学校。

傍晚的空气里飘着淡淡的花香。

我低着头，嘬着咖啡，找不到合适的话题。

"顾箐箐，你用电脑打字的速度快吗？"李渊突然转头望着我问道。

我点点头："还行。"

李渊笑了，眼睛眯成一条缝，脸上洋溢着青春的气息。

他长得真漂亮，没错，是漂亮，和姜炽天那种凌厉的帅气截然不同。

他继续看着我说："你想不想找一份打字员的工作？"

"打字员？可以吗？"我的眼睛重新有了光彩，要知道现在就算是一份端盘子洗碗的工作，我也是要去试试的。

李渊伸出手，揉揉我的头发："明天下午放学，我带你去一个地方。"

我被他突如其来的动作搞蒙了，像个呆子一样愣在原地，脸颊腾地一下就热起来。

"快走啊。"李渊停下脚步，转身向我招招手。

那一刻，一种奇妙的说不清的情愫在我们之间悄悄升腾起来。

第二天下午放学，当我赶到校门口时，没想到李渊早就在等我了。

他眼底含着笑意，上下打量了我一番，点点头："嗯，不错，气色比昨天好多了。"

我知道他是想宽慰我，一个失去双亲、家庭遭遇变故的孩子，气色再好也掩饰不住寂寞和伤痛。

李渊带着我，走了一站路，便来到一家公司。

公司的规模不大不小，怎么说也得有好几十个员工。推开门，李渊径直将我领到了经理办公室。

女经理年纪不大，看上去精明干练，和她相比，我青涩得就像刚从土里钻出的小苗。

我局促地站在办公室里，祈求接下来的面试能够顺利。

"张经理，这就是我和你提过的顾箐箐。"李渊首先开了口。

张经理看看我，点点头："既然是你推荐来的，应该没什么问题。"

然后她又问我："打字速度怎么样？"

"还可以吧。"我谦虚地说。

"行，明天来上班吧。"

"啊？"我傻傻地张着嘴。

李渊在一旁笑着戳我的胳膊："怎么了？通过了还不高兴啊？"

第四章 尘封的真相

张经理将眼镜扶正："以后你就跟着李渊吧，他在这里时间比较久，对业务也比较熟悉，刚好你们认识，就让他带着你吧。上班的时间你们一样，每周三晚上，周六、周日两个上午，至于薪水方面，财务处会告知你的，先去那边填张表做个记录吧。"

我恍然大悟，原来，这里是李渊做兼职的地方。

我走出经理办公室，又在财务处填了几张表，算是做了人事登记。

回学校的路上，为了表示感谢，我带李渊去了一家面馆。

面馆虽小，但干净整齐。老板是个四川人，勤快得恨不得一天把桌椅擦洗十几遍。

以前在咖啡店打工的时候，有时候时间紧，我就会在这里吃上一碗面，价格便宜，速度又快。

见熟客进来，老板立刻热情地迎了上来。

"小姑娘，还是一碗猛辣的担担面吗？"

我看看李渊，想征求他的意见，没想到老板却心领神会："今天带了男朋友来呀，那你们先坐，看看想吃什么？小姑娘，男朋友很帅啊！"

我脸一红，对老板善意的玩笑表示无奈。倒是李渊，挑挑眉毛，嘴角挂着微笑，不赞同也不反驳。

我们挑了一张临窗的桌子坐下。

我有些不好意思，对李渊说："李渊，谢谢你。今天我请客，我没什么钱，所以只能请你吃碗面了。"

"哈哈，没想到你还挺见外。"李渊笑笑，他知道拗不过我，又问，"你一个南方女孩怎么爱吃担担面？还要辣的？"

"就是因为它够辣，可以让我顾不上想不开心的事。"我实话实说。

"好。"李渊向老板招手，"老板，来两碗担担面，都要猛辣。"

我低声笑："你也有很多不开心的事吗？"

李渊点点头，笑容稍稍收起，说："箐箐，在这个世界上，除了开心和不开心，还有无奈。很多人都会遇到这样那样的困难和意外，一部分人解决了，顺顺利利；但还有一部分人终究无法越过那道沟壑，所以只能感叹生命的无常。比起开心或不开心，无奈才是人生最可怕的宿命。"

我似懂非懂，但也能隐约感到他言语间的苦涩。

他看看我，忽而又笑了："面来了。"

我不再说话，埋头一口一口安静地把面往嘴里塞。

我一度绝望到无以复加，我不知道心里的沟壑是否能安然度过，但生活总在不经意间给我新的希望，比如我的舍友，比如于陆，比如李渊……

我感谢并珍惜这些在清源学院认识的朋友，他们带着温暖和阳光走进我的生命，将我内心的昏暗渐渐扫除。我相信，在不久的将来，

第四章

尘封的真相

即便我们毕业各奔东西，这种温暖的情谊也永远会保存在我心里。

当然，我认为的这些朋友里，不包括姜炽天。

我和他的不打不相识根本就是个笑话，是一场萍水相逢的闹剧，突如其来地开始，悄然无声地结束。

饭点时刻，小饭馆突然变得热闹起来，老板进进出出张罗着生意。

喧闹的环境下，我和李渊的话也渐渐多了起来，只是，我没有留意到，夕阳下，在窗外的马路对面，站着一个落寞颀长的身影。

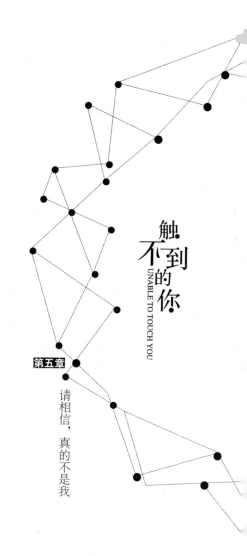

触不到的你
UNABLE TO TOUCH YOU

第五章

请相信，真的不是我

触不到的你
UNABLE TO TOUCH YOU

01 好看的样子只能留给我

　　李渊介绍的兼职工作真的不错，经理让他带着我，可他经常很快就把大部分的工作都做完了，高效又快捷，留给我的不过就是些制作表格、打印文件、整理合同等简单易完成的任务。

　　在这个新公司，工作时间比咖啡店短，任务比咖啡店轻，最重要的是，工资喜人。

　　当然，所有这一切，都得感谢李渊的帮忙。

　　李渊是个负责的老师，总是会很耐心地指出我在工作上的纰漏并帮助我改正，让我不由得把感激时常挂在嘴边："李渊，如果没有你，我是无论如何都找不到这份兼职的。"

　　李渊想了想，点头说是，一副"你很有自知之明"的表情，让我哭笑不得。

　　于陆来找我，对我的近况很是担忧。

"箐箐，你最近还好吧？现在不去咖啡店打工了吗？我去了好几次，都没找到你。"他的眼神中全是关切。

我无奈地笑笑："我被炒鱿鱼了。"

"啊？为什么？"于陆很意外，在他的印象里，我一定是那种对工作认真负责、一丝不苟的员工。

我把实际情况和他简单说了说，他听后随即表示没关系，好工作多着呢，慢慢找，还问我愿不愿意做家教，如果愿意他可以帮我介绍。我感谢他的好意，并告诉他我现在已经找到了一份文员的兼职，还说改天把李渊介绍给他认识。

"李渊？就是那个在天台上帮你救火的男生？"

"是的。"

"听说他是韩国转校生。"

"没错。"

于陆的眼底闪过一丝难以言喻的情绪，他告诉我如果做得不开心，就一定不要勉强，女孩子不可以太委屈自己。

他的善良让我感动，但更让我没想到的是，他竟然把自己的饭卡也给了我。

"于陆，这饭卡给了我，你自己怎么办？"我捏着饭卡，鼻子有些发酸。

"好啦，我前阵子做家教赚了些钱，这卡我昨天才充了值，你就拿着吧。"他坚持道。

第五章 请相信，真的不是我

　　我把饭卡递还给他："不行，我不能拿你的饭卡，我卡里还有钱。"

　　于陆推回我的手："你那新工作就算发工资也得到下个月了，你先拿着用，大不了下个月再还我。你看你最近又瘦了好多，总是吃素菜怎么行，女孩子太瘦就不好看啦。"

　　他这么说，我的鼻子更酸了。这种善意的指责总是会一下子戳到我的心上，让我无法回绝。

　　我听他的话，收下了卡，但我知道，我不会用它。

　　日子过得简单充实，我也能把大量的精力投入到学习当中去，期中考试后落下的课程也逐渐赶了上来。转眼一个月过去，我也逐渐平复了心情。李渊说得对，生活就得往前看，无论跌入多深的谷底，都要竭尽全力放下包袱，奔向新生命。

　　我偶尔还是会从别人口中听到姜炽天的名字，但在学校里，我已经很久没有见到他了。我承认我心里还是有些生气，气他突然闯入我的生命，把我平静单调的生活搅得一团糟，然后又转身不见，丢下我一个人，满肚子心事无处诉说。

　　于是，我告诉自己，就这样吧，原本就是两个轨迹不同的圆，就这样回归到自己的生活，挺好。

　　五月中旬，学校举行了一年一度的运动会。

　　姜蓉报了五十米短跑，陈晓阮报了跳远，而我和周曼曼什么都没报，只负责坐在台阶上看衣服、守阵地。

偌大的操场上，好多项比赛同时进行，广播里放着慷慨激昂的进行曲，听得人心情振奋。

"箐箐，快看，你的李渊！"姜蓉尖声欢呼。

她对别人的事情的热衷程度实在让人难以想象，我不止一次地纠正过她，让她不要见点儿风吹草动就咋咋呼呼，就算当娱记，也要当有风度的娱记。

"姜蓉，我再说一次，我们没什么。"我再一次强调。

"好啦好啦，开玩笑的，快看呀，他好像参加一千米长跑。嗯，身材不错，长相不错，就是皮肤有点儿白。"姜蓉说着，伸出自己的胳膊看了看，然后撇撇嘴，"太没天理了。"

"就是，还是姜炽天更帅一些。"一旁的陈晓阮忍不住插嘴。

我赫然发现似乎从我返校之后，她对姜炽天的关心又多了起来。

我笑笑，顺着姜蓉手指的方向望过去。

阳光下，李渊穿着运动服，身形修长，短发浓密，在一众参赛学生中显得出类拔萃。

一千米是运动会的重点项目，也是个发掘帅哥的项目，女孩子的尖叫声最多。

一声枪响，整个赛场瞬间像炸了锅，加油声、欢呼声此起彼伏。

"加油！加油！"

我身边的人全都站了起来，挥舞着手中的彩旗，不停地呐喊。

在这场对决中，似乎没有人关心是否有自己班级的队员，更多人

的目光追随的，是一个个身形矫健的帅气背影。

我被姜蓉拉起来，也加入了她们。

小小的彩旗映着阳光，泛出五彩的光晕。

我当然希望李渊能够取胜，于是在他跑过弯道的时候，我用尽全力挥着旗子大喊："李渊，加油！加油！啊——"

突然，一只大手猛地握住我的手腕一拉，我的身体就跟着被拽了过去。

他拉着我，迈着长腿，根本不配合我的速度，我不得不小跑着才能跟上。

我挣扎着，不满地抗议，他的手却攥得更紧，令我感到疼痛。就这样亦步亦趋，直到走到藤树走廊下，他才松开了手。

"顾箐箐，加油？加什么油？给谁加油？"他眉头紧锁，眼神幽暗。

"姜炽天？"我惊讶地轻呼。

许久没见，他瘦了，也高了，剪短了头发，额头宽阔，眼神明亮，看上去简直帅气至极。他就那样站在斑驳的光影下，眉间、眼底全是责备。他穿着白色短袖衬衣，肩膀宽阔，是天生的衣服架子，小麦色的肌肤健康紧实，不得不承认，即使是最普通的衣服，他穿起来也比任何人都要好看。

"干吗？顾箐箐，你忘了吗？要让我重复多少遍？你的心里只能有我！"他像个孩子一样抱怨，蛮横和任性一点儿都没变。

有那么一瞬间，我的眼泪就要夺眶而出。这种看似霸道无理，实则宠溺万分的语气，又将我拉回到那个寒冷而又甜腻的假期。

那时的他站在雪地上，将我的围巾裹得严严实实，又把我的头发揉得一团糟，然后看着我得意地笑。

我摇晃着脑袋："姜炽天，你干什么啊？"

"记住，以后就要这样。"

"才不要！"

"必须这样！"

"为什么？"

"因为你好看的样子只能留给我看。"

"呸。"

见我不理他，他跑过来伸出手捏我的脸颊，佯装发怒道："顾箐箐，记住，从今往后，你的心里只能有我一个人！听见没有！听见没有！"

我的脸被他捏疼了，伸出手也想捏回去，但无奈胳膊太短，根本够不着他的脸。

我越是生气，他就越是得意，僵持一段时间，最终，两人便以嘻嘻哈哈的雪仗结束了对峙。

然而此刻，这样的场景在我脑海中仅仅一闪而过，很快，我的心情就低落下来，因为餐厅那一幕又跃进了我的脑海里，生生将这些甜蜜的瞬间挤得无影无踪。

我冷着脸，一声不吭。

"干吗不说话？"姜炽天继续追问，他环抱着双臂，审视般望着我，"不认识我了？"

这时，一个声音突然在他身后响了起来。

"箐箐，原来你在这儿。"不知道李渊是什么时候出现的，他的额头还挂着汗珠，气息还有些不稳。这时我才恍然，原来，一千米的比赛已经结束了。

姜炽天转过身，脸色骤然变冷："没长眼睛吗？没看到我们正在说话？"

我白了他一眼，笑着对李渊说："李渊，你跑完啦，第几名啊？"

李渊也微笑着回应，他扬起手里红色的卡片，那是第一名的标记。

姜炽天被冷落在一旁，眼底的怒火越来越明显，他质问我："顾箐箐，你什么时候跟这小子混熟的？"

我心里堵着气，并不想搭理他，于是绕过他向李渊走去："李渊，我们走吧。"

"顾箐箐！你别惹怒我！"

我想，姜炽天应该是愤怒极了，因为我几乎能听到他牙齿磕碰的声音，但我依然没有回头，就那样把他扔在脑后，一如最初在餐厅里，众目睽睽之下，拉着于陆离开时一样，再没有看他一眼。

又或许，我是不敢回头，我怕看到那光影下落寞的身影，怕我的心软又一次将自己推向无底的深渊。

回到操场，重新投入吵闹的环境，我的心里才稍稍平静下来。

李渊望着我，关心地问道："没事吧？他又来纠缠你？"

我摇摇头："没事。"

没有开始，何来纠缠？

那个又傲气又蛮横又冷漠的男生，于我而言，终究也只能擦肩而过了吧。

02 我的真心只给你

姜炽天的出现并没有引起学校的轰动，看样子他在学校停留的时间很短。

宿舍里，依旧能从陈晓阮的嘴里听到这个名字，但我已经不再有任何念想。

我的生活，又开始了"宿舍、教室、兼职公司"三点一线的循环状态。唯一不同的是，每到打工的日子，李渊总会来楼下接我。虽然这在我看来没什么，但在姜蓉她们几个眼里，却是一件大大的新闻。

每当这个时候，她总是意味深长地眨着眼睛说："箐箐，你的李渊又来接你了。"

我笑着打她，她就装出一副更欠揍的表情，夸张地叫喊："哎哟，害羞了……"

宿舍里的人顿时笑成一团。

忽而她又正色道："其实这个男生还真的不错，我敢说在论坛上发个帖子，肯定妥妥上万条跟帖。"

"姜蓉，拜托，可千万别再干这种事了，我跟他只是在同一家公司做兼职罢了，真的没什么的。"

论坛发帖的教训还历历在目，虽然关子晴也没有再找我麻烦，但对这个赫赫有名的论坛，我却不敢再关注了。

这天，又到了周三，李渊照例在楼下等我。

这家公司每周四早上开例会，所以周三需要把开会所用的材料和文件全部整理齐全并归档存放。因此，每到周三，我都早早在食堂吃完饭，以免耽误打工的时间。

我背好书包，又带了把雨伞。傍晚的天空，云层又厚又密，看上去一场大雨在所难免。

在姜蓉她们几个的笑声中，我下了楼，老远就看到了李渊。

"李渊。"我打着招呼，轻快地小跑过去。

就在这时，一个身影突然从楼的一侧蹿了出来。

是姜炽天。

他见我下来，跨着长腿几步就挡在了我面前。

他拧着眉头，嘴角紧闭，凌厉的目光幽暗不明。

我一惊，立刻感觉情况不妙。果然他拉住我的手，不由分说就要我跟他走。

"姜炽天，你干什么？"我挣扎着，想要甩开他的手。

他黑着脸，不说话。

我忽然想起那天他的警告："顾箐箐，你别惹怒我！"当下心中一颤，熟悉的恐惧似乎又涌进我的胸膛。

我求救地望着李渊，他看着我，也走上前，刚要开口却被姜炽天恶狠狠地打断："走开！今天没你什么事！"

"姜炽天，你发什么疯啊？我现在要去打工了！"

"打工？和这个小子？"

"要你管！"

姜炽天似乎被我彻底激怒了，他手臂猛然一收，我和他的脸便近在咫尺。

"如果你今天敢和这小子一起走，我会让你后悔一辈子！"他恶狠狠地说道，继而转头望向李渊："如果你敢跟来，我会让你死得很惨！"

李渊似乎并没有被吓到，他微微一笑，对我说："姜炽天，并不是所有人都害怕你的威胁。"

"是吗？那你完全可以来试一试！"姜炽天冷笑着，拖着我迈步离开。

李渊果真没有跟上来。我不明白为什么，他的表情看上去淡定自

若，一点儿也不把姜炽天放在眼里。后来我想想，也许是因为他的身份特殊，并不想把这件事弄大，所以才选择息事宁人吧，如果真是这样，我绝对不会责怪他。

脑子里没转几个弯，姜炽天拉着我，一路快走，来到了教学楼顶的天台上。

天台上空无一人，低压压的云层泛着青黑色，空气中弥漫着闷热潮湿的水汽，让人觉得有些透不过气来。

现在这里只有我和他，我承认心里的确有点儿害怕，但我告诉自己绝对不能被他看穿。于是，我使劲踢了他一脚，趁机挣脱开来。

"姜炽天，你以为你是谁啊？凭什么所有人都要围着你转？你说什么就是什么？我不是你的附属品，任你呼之即来，挥之即去！"我瞪着眼睛，怒气冲冲。

"你和那个小子在一起就是不行！我说过，你只能属于我一个人！没有我的允许，不准你再跟他有任何往来！"他的霸道劲又上来了。

"你凭什么干涉我的生活？你这个大少爷可以饭来张口、衣来伸手，但我不行！没有了工作，我就得饿肚子；没有了工作，我就没钱上学。要我说多少遍你才能听明白，我们根本就不是同一个世界的人！"

我一口气说完，便向楼梯口跑去。姜炽天突然伸出手臂将我拦下，然后使劲将我摁在半人高的围墙边。

他的脸离得好近，温热的呼吸有一下没一下地扑在我脸上，深邃的眼神忽然变得复杂。

我心中瞬间一阵慌乱，连忙别开脸。

又是这样暧昧不明的姿势，又是这样不清不楚的情愫，他看着我，脸上已没有了刚才的戾气。灰蒙蒙的光洒在他身上，涌现出一些难以言喻的寂寞。

我下意识地抓紧了校服的领子，没想到他却松了手。

他温热的手掌轻轻捧起我的脸，在我还一脸迷茫的时候，他低下头，吻住了我的嘴唇。

他的唇柔软湿润，带着一点儿凉意。

那一刻，我的脑子一片空白，什么也想不起来，什么也恨不起来，仿佛置身于飘满花香的云端，软绵绵地随风飘荡。

我睁着眼睛，不知该如何回应这个过分温柔的吻。

许久，他放开我，将我拥入怀中，用下巴轻轻抵着我的头，低声呢喃："不要走。"

"放手！"

我猛地推开他，扬起手，狠狠甩了他一个巴掌。

清脆的声音刺穿了厚厚的天幕，雨点竟淅淅沥沥地落了下来，我的心也跟着疼了起来。

他的温柔、他的任性、他的冷漠，一瞬间揉成了团，在我眼前闪过，我分不清哪个才是真的他，我更不愿意再次成为他闲暇时的消遣

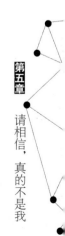

玩物，喜之宠爱，厌之遗弃。

姜炽天没有发怒，他摸着脸，突然扯出一个讽刺的笑容："箐箐，你也许觉得我不可一世、高傲蛮横，可是，如果可以选择，我一定不要这个所谓的身份。虽然你没钱没地位，但你有朋友，可我除了一个空壳，什么都没有。我也会伤心，也会难过，可是在我难过伤心的时候，又有谁能理解我的内心？"

姜炽天的话令我震惊，也令我无奈。要是别的人，我一定会开口安慰，可他是姜炽天，是姜蓉口中一等一的大魔头。我咬着嘴唇，始终一言不发。

"箐箐，你知道吗？只有和你在一起的时候，我的心里才会感到平静，哪怕不说话，就是静静地坐在一起，我也感到非常平静。你能体会吗？"

"不能，我只知道你可以由着性子随意指挥别人，由着性子随意欺负看不顺眼的人。"

"说来说去你还是在怨我整了于陆那个臭小子？"

"难道仅仅是他一个人吗？在这个学校凡是你看不顺眼的人，有哪个能安心学习？"

听我这样说，姜炽天的脸又笼上一层冷意："和你走得近的，都不行！"

"那你也不行！"

"为什么？"

"姜炽天，我们不是一个世界的人，我们的生活不可能有任何交集！"

"你真的对我一点儿感觉都没有吗？"

"没有！没有！我讨厌你还来不及，根本不会喜欢你！"我闭着眼睛，捂着耳朵大喊，然后拼命地撞开他，仓皇逃离。

雨点大了起来，砸在地上，像一阵阵苦涩的哭声。

最终，我还是按照原定时间赶到了公司。明亮的灯光下，李渊背对着我，低头忙碌着。

我走过去，轻轻放下书包，歉意地说："对不起，李渊。"

李渊抬头，似乎有些意外，随即又保持了很好的风度："没事吧？"

"没事。"

"那就好。"他的嘴角带着微笑，说得云淡风轻，然后，便不再说话，低头继续做事。

尴尬的气氛升腾在空气里，让我有些坐立不安。

我拿起桌子上的文件，坐在了电脑前。

办公室里还有其他加班的人，但除了噼里啪啦的键盘声，并没有人在闲聊。

半晌，李渊突然抬头望着我，缓缓说道："箐箐，很抱歉，我今天没能帮你。"

我一下子不知所措起来，连忙摇头："没关系，谁能斗得过姜炽

天呢？上次于陆为了帮我，也被他整得很惨，我不要连累你们。"

没想到李渊却笑了，他清澈的眼底隐约暗涌出异样的情绪，像是自言自语般说道："我不是怕他，只是，时候没有到。"

"什么？"我不太明白他的意思。

可是李渊并没有继续说下去的意思，他指了指我面前的文件，转移了话题，微笑如旧："快点儿吧，不然过了学校关门时间，我们都回不去了。"

李渊说得有理，我一慌，立刻埋头忙碌起来。

03 匿名的电子邮件

姜炽天说，如果可以选择，他一定不要现在的身份。

我以为他只是矫情地抱怨，可没想到这竟然是个不争的事实。只可惜，我又晚了一步，在我固执地保护自己，说了那些决绝的话之后，我才意识到，原来受伤最深的，竟然是他。

因为第二天，一封匿名的电子邮件彻底颠覆了整个学校。

那封邮件没有署名，没有统一的标题和格式，却在一瞬间就传送到了学校所有的邮箱里。它如同一把利剑，深深地刺在了姜炽天的胸口，也刺在了我的心上。

自从姜炽天入学以来，他的身世便一直是个谜团。学校里只是盛传他有不可轻视的背景，可没想到这背景和荣耀无关，完全是不堪的屈辱。

在那封爆炸性的电子邮件里，清楚地写着姜炽天是帝豪集团总裁的私生子。这种难以启齿的身世和姜炽天往日骄傲贵气的形象反差极大，仿佛给学校扔了一颗炸弹。

我被姜蓉从梦中摇醒，顶着乱糟糟的头发坐到电脑前。她是个尽职的版主助理，每天除了吃饭、学习，就是趴在论坛上，早上六点，她准时打开电脑，这封邮件就自动弹跳出来。

看到邮件的一刹那，我像被人扇了一巴掌，立刻没了睡意。

"是谁造的谣？"我断定这又是一场恶意的闹剧。

姜蓉摇摇头："没有署名，不管是不是真的，现在论坛上已经炸开锅了，满屏都是关于姜炽天的帖子，更新回复的速度比故意刷屏还要快。"

不知为何，我的心突然一沉，眼前又浮现出姜炽天痛苦寂寞的脸。

他说：如果可以选择，我一定不要现在的身份。

他说：我没有朋友，没有大家看起来那样光鲜亮丽。

他说：我也会难过，也会感到孤独，可没有人能理解我。

他说：只有和你在一起，我的内心才能感到最真实的平静。

他说：顾箐箐，我喜欢你。

可是，可是，我做了什么？

　　我竟然没有想过要去理解他，竟然不顾他的悲伤，还说了那样绝情的话，自以为是做出了正确的选择，却在他的心上又给了重重一拳。

　　他一定伤心极了，委屈极了，一定觉得我自私极了。

　　那一刻，我突然觉得心好疼。

　　我慌忙穿上衣服，推开宿舍门跑了出去。

　　我要去找他，告诉他我愿意体会他的伤痛，告诉他我并没有看起来那样坚强。

　　告诉他，我也喜欢他。

　　我跑到男生宿舍，却被告知姜炽天根本就不住在学校里。

　　我呆呆站着，说什么也不相信。

　　"他怎么可能住在学校？他那种身份的人，应该天天有司机接送才对。"男生说着，冲一旁的人使了个眼色。

　　然后几人会心地一笑。

　　很明显，他们也看过了邮件。

　　现在，整个学校都知道了这件事，平日里威风八面的姜炽天，如今成了众人口中鄙夷下贱的话题，那样骄傲的他，心里怎么能承受得了？

　　我站在楼前，仰头望去，一个个窗户，有的半开着，有的紧闭着，就像一只只黑色的眼睛，不动声色地窥探着整个校园。

　　以往姜炽天总会突然出现在我面前，令我猝不及防，现在，我想找到他，却赫然发现，我竟完全无能为力。

我又想起寒冷冬日的早上，他提着热乎乎的包子站在我楼下的场景。那是怎样用心的感情，才可以不知疲倦地坚持到底？而我，却还心存怀疑。

我暗暗发誓一定找到他，给他解释清楚，告诉他就算全世界都抛弃了他，我也会在他身边，永不离开。

然而，从邮件发出的那天开始，我就再没有这样的机会了。

不知从哪里冒出许多记者，成群结队将学校围了个里三层外三层，只要看到姜炽天，他们就会像苍蝇一样立刻围拢上去，噼噼啪啪用闪光灯不停地拍，伸长胳膊把话筒递到姜炽天的嘴边，希望能得到一手资料。

"姜炽天，关于那封揭秘你身世的邮件，你有什么想说的？"

"姜炽天，那封邮件上写的是否属实？"

"姜炽天，你会不会怀疑有人恶作剧，故意散播谣言？"

"姜炽天，是不是可以透露一些你母亲的情况？"

"姜炽天，姜明远从来都没有对外承认过你这个儿子，那是不是说明他根本就不想认你呢？"

"姜炽天……"

"姜炽天……"

姜炽天从始至终绷着脸，紧闭着嘴唇，戾气在他眼里涌动，随时都有爆发的可能。

第五章　请相信，真的不是我

终于，被一个记者迎面用闪光灯刺疼了他眼睛后，他再也忍不住动了手。

"我叫你拍！"

姜炽天抓住相机，使劲往地上摔去，不等那记者反应过来，他一拳挥过去，狠狠地打在了记者的鼻梁上。

顿时，那记者的鼻子血流如注，他反扑过来，想要争回点儿颜面。可个子不高的他哪里是姜炽天的对手，扭打之间只是让身上多挨几拳罢了。

其他记者怎么可能浪费掉这么宝贵的资料，于是，闪光灯和快门的频率明显增加，纷纷记录下了这一瞬间。

姜炽天打人的事件隔天就被登上了各大报纸的头条，经过记者们绘声绘色的描述，再配上不同角度的照片，一时间，帝豪集团成了媒体聚焦的焦点，就连姜明远的病房前也被记者们围了个水泄不通。

也就是从那天起，姜炽天再也没有来过学校。

转眼到了期末，我整天心不在焉地上课、打工，却无时无刻不希望上天能给我个解释的机会。

终于有一天，在那片绿藤树下，我再次见到了姜炽天。

微风吹过，绿藤树上掀起阵阵细小的波浪，我抱着书准备去上课，就在那时，我见到了姜炽天。

积压在心里许久的内疚终于找到了可以释放的时机，我加快脚步，迎面向他走去。

由于匿名邮件的传播，再加上把记者打伤入院的负面事件，姜炽天已经被记者们骚扰得无法安生，再次看到他，他越发的清瘦，眼里有着难以掩饰的疲惫。

"姜炽天。"我轻声叫住他。

他面无表情地看了我一眼，随即移开，眼神冷漠傲然，如同他第一次见我那般，只是其中还多了一些暗暗的复杂的愤怒。

他从我身边经过，并没有停下来。

我突然感到一种被忽视的落寞掠过心头，撩动着我纤弱敏感的神经。

"姜炽天，等一等。"我再次叫住他。

这一次，他停下了脚步，转过身来。他的眼神还是像寒冰一样，虽然站在炙热的阳光下，但我依然能感到后背渐渐泛起的莫名凉意。

在他漠然的注视下，千言万语哽在喉咙里，我却突然一个字也说不出来，慌乱中，终于憋出三个字："对不起。"

好半天，他都沉默着不说话。

他越是这样沉默，我就越是焦急，越是觉得自己那天太过残忍。

"姜炽天，对不起，那天我不知道，那个……你对我说的话……还有……邮件……"我语无伦次，都不知自己究竟想说什么。

姜炽天盯着我，脸上的线条渐渐绷紧，然后开了口："顾箐箐，我真是小看了你。"

"什么？"我一脸茫然，不解地望着他。

第五章 请相信，真的不是我

　　他忽然哈哈大笑，带着几近讽刺的语气对我说："顾箐箐，别再在我面前演戏了，你以为我不知道你做的那点儿破事吗？发个邮件，你是不是特别过瘾？看着我被打败，你是不是特别过瘾？看着我成为别人的笑柄，你是不是觉得特别满意？你有着不堪的童年，是不是就注定你的内心也同样无耻？我真是后悔看错了人，差点儿被表象迷惑。你说得对，我们是不一样的人，你的卑鄙和无耻真是令我刮目相看！"

　　我被激怒了，不明白他究竟怎么了，但我最记恨别人提起我的往事，于是我大喊道："姜炽天，你脑袋短路啊，你在说什么啊！"

　　"没错，我是脑袋短路，所以才会喜欢上你，现在看来，我宁愿喜欢一头猪，也不会对你再动半分心！"

　　他的话让我简直惊呆了，我愣在那儿，心里既愤怒又委屈，完全搞不清状况。

　　后来过了很久，于陆才告诉我事情的缘由。

　　原来，那封匿名邮件让姜炽天从天上摔到了地上，隐藏了十几年的私生活突然之间被暴露在众目睽睽之下，并且成为娱乐大众的话题，本就令他勃然大怒。而邮件的始作俑者始终是个谜。直到某一天方敏茹找到姜炽天，并给他看了一样东西，他才会将我恨之入骨。方敏茹给他看的是一份邮件地址的截图打印件，经过技术筛查，显示发件人的IP地址竟然是我的宿舍，因此，姜炽天才误以为那封匿名邮件是我为了报复他而群发给学校每个人的，才会在与我见面时说出那些刺耳难听的话。

但老天做证，那封匿名邮件和我绝对没有半点儿关系！

望着满脸盛怒和蔑视的姜炽天，我的鼻子一个劲儿地发酸，心里也涩涩的。我不是没有遇到过被人冤枉的时候，但从来没有一次像现在这样，除了愤怒，更多的是说不尽的悲伤和心痛。

因为，误解我的人，是姜炽天。

李渊的出现有些不合时宜，但事情就是这样凑巧。他前一天扭伤了脚，所以体育课暂时不用去，返回教室的时候，他看到了我和姜炽天。

"没事吧，箐箐？"李渊看看姜炽天，问我。

我绷着嘴角，一声不吭。

倒是姜炽天沉不住气，李渊的出现明显让他怒气倍增："滚开！这是我们之间的事，跟你没关系！"

李渊不以为意地笑笑："我说过，不要以为谁都怕你。姜炽天，被自己最信任的人背叛，这滋味不好受吧？"

我诧异地抬头，看到李渊脸上闪过一丝难以察觉的冷漠，不，确切地说，是一丝冷漠的幸灾乐祸。我不知道由来，但看看姜炽天，他似乎比我更加难以置信。

姜炽天握紧拳头，我以为他的拳头会挥到李渊的脸上，可是他并没有那样做，他只是冷冷地看了我一眼，然后转身，走开了。

那时，虽然李渊算是帮我出了口气，但我心里依然觉得非常委屈。

　　"没事了。"李渊轻轻拍着我的后背，柔声说道。

　　我抬起头，不知不觉间才发现眼睛里竟蓄满了泪水，我哽咽着对他说："李渊，那封匿名邮件真的不是我发的。"

　　李渊点点头，脸色又恢复了平静："顾箐箐，别难过，那个始作俑者一定会被揪出来的，但在这之前，要记住，无论别人怎么看怎么说，你一定要做真正的自己。"

　　我垂下眼帘，心里却疼痛不已。

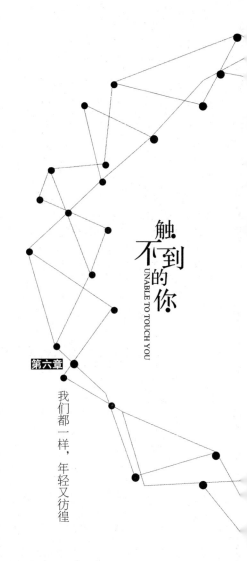

触不到的你
UNABLE TO TOUCH YOU

第六章

我们都一样，年轻又彷徨

01 宿舍里的嫌疑人

望着姜炽天的背影，我再也无心上课，便告别了李渊，独自回到了宿舍。

宿舍里没有人，我坐在床边，脑子里反复思考着姜炽天说过的话。

为什么他的态度会三百六十度大转弯？为什么他认定了那封邮件是我发的？

我上上下下环视了宿舍好几遍，也没发现有什么异样，最后，我的目光落在了书桌上的四台电脑上。

我还在深思熟虑时，姜蓉回来了。

她看我坐在床边发呆，于是问道："干吗呢？上课不见你，原来坐在这儿发呆？"

我盯着她，目光不停地打量她，看得她直搓脸："别用那种眼神看我，鸡皮疙瘩都要起来了。"

"你怎么也没上课？"我开口问道。

她晃晃脑袋，眉头皱在一起，捂着肚子说："来例假了。"

"哦。"我应了一声，便不再说话。

姜蓉却不依不饶，非要挤在我旁边，打破砂锅问到底。

没办法，我只能把刚才遇到姜炽天的事情告诉了她，谁知她听了
之后简直比我还要气愤。

"他是不是脑子坏了？这种话也说得出来！那邮件要是你发的，
你至于没刷牙没洗脸就跑去男生宿舍找他吗？害得你还为他担心那么
久，简直是个神经病！"

"姜蓉，那封邮件真的不是我发的。"

姜蓉点点头："废话，邮件发送的时间里，你正和周公喝茶呢。
算了，以后别理他了，他爱怎么想就怎么想吧！"

姜蓉这么一说，我就觉得更加委屈，心里又不禁疼起来，脸上也
不自觉地笼上了阴影。

姜蓉盯着我，忽然像发现新大陆一样，哇地叫出了声："顾箐
箐，你不会真的喜欢上姜炽天了吧？"

我顿时语塞，小心隐藏的心事被突然公布于众，我一下子有点儿
窘迫起来。

不过，下一秒，我立刻想起一件事："姜蓉，你答应我，这件事
不能在网上公布，否则，我就真的和你绝交！"

第六章 我们都一样，年轻又彷徨

姜蓉兴奋的神情瞬间就消失了："啧啧啧，这么好的闲聊消息，不放在论坛上真可惜。"

我失笑："这算什么新鲜消息，以前都被人扒得没皮没瓤了。"

"那可不一样啊，以前都是捕风捉影，这次可是当事人亲口承认，而且，闲聊嘛，不就是炒来炒去？嘿嘿。"

见我似乎真的要发怒，姜蓉立刻举手投降："好，好，开玩笑的，我发誓，这个秘密我现在、立刻、马上就吞下肚子。"

说着，她还用手在嘴边做出拉拉链的动作，然后很用力地咽了口唾沫，好似真的要吞下去一样。

我确信发那封邮件的始作俑者不会是姜蓉，于是把心里的疑惑告诉她，想让她帮忙想想办法，最终她也将目标锁定在了那四台电脑上。

不是我，不是姜蓉，那就很有可能是陈晓阮或者周曼曼。

周曼曼天天待在教室，很少在宿舍现身，对学校的消息好像也不怎么关心，而陈晓阮在当初得知我和姜炽天的关系时，曾一度表现出恨不得将我痛打一顿的怒意。

于是，我和姜蓉不约而同地把目光投向了陈晓阮的床上。

因为，我俩一直认为，电视剧上演的"得不到就毁掉"的女二号都是这样善于挑拨离间的。

我的心里冒出一阵寒意，想着就这样被天天在一起的舍友在背后捅刀子，着实不寒而栗。

在我返回学校的那段日子，陈晓阮和我和好如初，我曾经非常感动，但现在想想，也许正是这个契机，让她找到了长久以来想要报复我的机会。

我决定先按兵不动，但经不住姜蓉的直爽脾气。中午吃过饭，陈晓阮刚进宿舍门，姜蓉劈头盖脸就开始质问。

"陈晓阮，你说，关于姜炽天的那封匿名邮件是不是你发的？你是故意栽赃给箐箐，然后让姜炽天误会她、记恨她，是不是？"

陈晓阮一听，皱着眉头瞪着姜蓉："你有毛病啊？哪只眼睛看到是我发的？"

"早上一睁眼就没看见你，可你的电脑却是开着的，你说，这怎么解释？"姜蓉不依不饶。

陈晓阮看了我一眼，没理姜蓉，拿了本书就上了床。

"陈晓阮，真没想到你会是这样的阴险小人，你是不是嫉妒箐箐抢了你喜欢的男生？有本事你再抢回来啊！背地里玩这些阴招算什么？我真看不起你！"

沉默的陈晓阮噌地一下坐起来，她满脸通红，皱着眉头说："姜蓉，你真有病啊！要说话先拿证据来！顾箐箐，我告诉你，虽然你抢了我喜欢的男生，我非常生气，但我绝不会做那种见不得人的事！爱信不信！"

说完，她把书一扔，躺下去用被子蒙住了脸。

见姜蓉还要说话，我连忙用手捂住她的嘴，示意她就此打住。虽

然她是为我出头，让我满怀感激，但怀疑只是怀疑，没有真凭实据，万一真的冤枉了陈晓阮，那以后我还怎么和她抬头不见低头见？

后来在我们得知事情的真相时，的确有一种自扇嘴巴的冲动。原来，那天早上，陈晓阮突发奇想要查一查周公解梦，为她前一晚那个惊骇世俗的梦境找个说法，于是她悄悄打开电脑，可还没一会儿就觉得肚子疼得厉害，她不敢耽搁，急急忙忙先去了厕所，这就成为姜蓉断定的畏罪潜逃的场面。

经过这一闹，我和姜蓉更不敢乱猜测，我告诉自己，也许姜炽天的判断也只不过是个误会罢了。

我把这个疑惑藏在了心里，又开始了日复一日的单调生活。

姜炽天再也没有出现，但我的脑子里怎么也抹不去他最后看我的那个眼神，漠然、失望、怨恨，还有心碎。

我曾幻想在学校里和他再次上演偶遇的桥段，却终究没能实现，我明白，他真的被伤得很深。

02 我只想这样抱着你

日子过得飞快，转眼就又快到期末了。

掐指算算，我已经很久没有见过姜炽天了。

兼职的工作做得不错，经理给我加了工资，我平时不乱花钱，这让我第二年的学费有了足够的保障。

为了感谢李渊，我又特意请他去吃了拉面。

他笑着揶揄我："涨了工资是不是今天可以点两份面？"

我红着脸点头："当然，还要多肉多辣！"

我知道他是和我开玩笑的，因此也配合着他对老板招招手。

李渊因为要开始准备考研，学习任务也跟着繁重起来，他吃了一口面，有些抱歉地对我说："箐箐，我可能不能再做这个兼职了，以后每天晚上都要上自习。"

我当即点头表示理解："学习最重要，学习最重要。"

我说的是真心话，但怎么听怎么有点儿应声虫的味道。

自从那天起，李渊果然辞掉了那份兼职，于是，每周固定的日子便只有我独自一人前往公司。

没有了李渊，公司又暂时没有找到合适的兼职员工，因此，我的工作任务就一下子多了起来。

这天，按照经理的要求，打印完所有的资料，并且将需要影印的文件逐一归档，当我走出公司大门的时候，已经是夜里的十点四十了。

学校规定，夏季作息，晚上十一点儿关宿舍楼门。

我看看表，只剩下二十分钟的时间，便抬脚快步向学校跑去。

树影斑驳，虽然是夏天，但行人也远比白天少得多。微风带着些许凉意，吹在脸上，柔柔的，非常舒服。

我拉紧书包带，一路小跑，既节约时间，又可以舒展由于久坐而僵硬的身体，真是个两全其美的妙计。不过，很快我就放慢了脚步，因为我看到迎面走过来两个年轻的男人。

他们晃晃悠悠，勾肩搭背地靠在一起走路，手里拿着还未喝完的酒瓶，不知为何，我心里莫名地紧张起来。

还未走近，一股刺鼻的酒气就扑面而来，我皱了皱眉头，尽量侧着身子绕过两人。

可是，事与愿违，尽管我很小心地和他们保持距离，可他们好像故意挤我一样，肩膀一下子就撞上了我。

"哎哟，哎哟，妹妹怎么走路这么不小心啊，哎哟，撞得我好疼啊。"一个男人捂着肩膀夸张地喊叫，贼溜溜的眼睛却一刻也不离开我的脸。

我立刻嗅到危险的气息，加快步子想赶紧离开，可谁知他们竟将我堵得死死的。

"妹妹，撞了人连声对不起都不说，这……这可不太有礼貌。"

"就是，没错……让我看看是哪个学校的小妹妹……"

说着，一只大手伸过来就要捏住我的校徽。

我下意识地打开他的手，慌忙间向四下望去。那一瞬间，我明白自己要找什么。曾经也是这样晚归的时刻，曾经也是这样遇到难以摆脱的困境，多么熟悉的场景，却唯独不再有那个熟悉的身影。我的心里一凉，身体跟着禁不住发起抖来。

"还挺……厉害……这么晚找不到回学校的路了吧？走，哥哥带你去……"

"走吧……别装了……"

见我不断挣扎，两人越说越离谱。

我羞愤得不知所措，他们向我越靠越近，浓重的酒气熏得我头昏脑涨，我挥着手臂不断拍打他们伸过来的脏手，嘴里忍不住喊起来："救命——"

气氛似乎一下子变得紧张起来，我用双手死命拉紧衣服。

就在这时，我只听见头顶传来一声闷响。惊慌之余，我睁开眼睛，便看到面前的那个男人的双眼已没了焦距，随后，他白眼一翻，便瘫软下去。

还没等我缓过神，一只温暖有力的大手就握住了我的手腕，然后拉着我跑了起来。

我们转过一条小路，几分钟后，我已是气喘吁吁，再看看他，气息似乎并没有半点儿变化。

"姜炽天——"我忍不住心头一暖。

路灯洒在他的身上，给他高大的身影披上一层淡黄色的光晕。他盯着我，眼神中波澜不惊，让我在下一秒钟又想起他在绿藤树下说过的话。

"我就是喜欢一头猪，也不会对你动半分心！"

我别开脸，一阵针扎似的心疼。

第六章 我们都一样，年轻又彷徨

131

姜炽天就那样看着我，却一句话也不说，那目光像带着火一般在我脸上流连。不知是对他的突然出现感到意外，还是为他说过的话感到羞愤，我的脸竟不自觉地发烫起来。

夜色昏暗，气氛尴尬至极，我抿了抿嘴，最终选择快步逃离。

谁知，我刚要转身，却被他一把拉进了怀里。

他的胸膛温热，有好闻的皂荚的味道。以前他把皂荚粉洒在我的书上害得我猛打喷嚏时，我仅仅以为那只是他的众多恶作剧之一，可后来才知道，他是真的喜欢皂荚，就连沐浴露都通通是清一色的淡淡的皂荚味的。

"姜炽天——"

我抬起头，有些慌乱。他用手将我的头重新按在胸前，然后紧紧环抱住我。

"我投降了。"许久，姜炽天轻轻吐出几个字。

投降？我不明所以。

"虽然我告诉自己该恨你，可我就是做不到。顾箐箐，你赢了，我不能不喜欢你。"

他说着，将我拥得更紧。

我的脸贴在他温热的胸前，猜想他也许是想说，即便真的是我出卖他，发了那封匿名邮件，令他声名狼藉，他也还是一如既往地喜欢我，不怨恨我。

我的心里感动极了，鼻子一酸，眼眶就跟着热了起来。

"姜炽天，那封邮件真的不是我发的，请你相信我。"我呢喃道。

"嘘——"他悄声说道，然后，又好似无可奈何地发出感叹，"唉，没有我在你身边，谁来保护你啊！每次遇到危险都只会瞎喊，笨蛋。"

终于，我的眼泪止不住地滚落下来。

我把头深深地埋进他的胸膛，不想让他看到我的泪水，可轻微的抽搐还是引起了他的注意。他像哄小孩子一样，轻轻抚着我的后背，随后在我的额头上落下深深一吻。

姜炽天，姜炽天，我也喜欢你，非常喜欢你。

我在心里大声地呼喊。

忽然间，四周完全归于寂静，全世界仿佛就只剩下了他柔软温暖的声音。

这一刻，有他的怀抱，有他的温暖，更有我从来没有体会过的幸福。

03 来自身边的危险

那天晚上，等我返回学校时，早已是大门紧锁。

我和姜炽天站在校门外，面面相觑。

第十六章

我们都一样，年轻又彷徨

“都怪我，忘了时间。”他不好意思地挠挠后脑勺。

我不好意思地红了脸：“那现在怎么办呀？”

他想了片刻，然后笃定地说道：“简单。”

说完，他抓着栏杆，一脚蹬在墙边，没几下就翻了过去。

他轻巧地落地，拍拍手上的土，左右张望了下，然后向我张开手臂：“来吧。”

“什么？”我不可思议地睁大眼睛，原以为他跳过去会帮我打开门，可没想到他只是先给我做了个示范罢了。

“我没钥匙。”他无辜地摇头，实话实说。

我的目光瞟向一旁的传达室，示意他完全可以叫醒看门大爷，然后帮忙打开门，谁知他竟然不以为然地说道：“这么晚，孤男寡女一起回来……我是批评栏的常客，你确定你也想上去？”

呃，姜炽天的话让我顿时语塞，下意识地慌忙向周围望了望，确定没有其他人会看到，这才放了心。

无奈之下，我只得学着他的样子，笨手笨脚地抓着栏杆使劲努力往上爬，幸亏他从里面伸出手，托着我的腰，给我加了道力量，才不至于让我像铁板鱿鱼一样挂在栏杆上。

在跨过栏杆的时候，我压低声音说道：“我要跳啦。”

他笑笑，朝我伸开手臂。

那一刻，恐高的我竟丝毫没有感到害怕，我松开手，纵身一跃，跌入他的怀中。

"哈哈，才几天没见就长胖了。"姜炽天笑着揶揄我。

我举起拳头作势就要打过去，却被他一把握住，两人忍不住嘻嘻哈哈起来。

"咳咳——"

突然，一阵低沉的咳嗽声从传达室传了出来，紧接着，屋里的灯也亮了。

我赶紧看了姜炽天一眼，他把手指放在嘴边，给我使了个眼色，于是，我立刻心领神会，和他侧身闪进了一旁的小路里。

校园里寂静安详，不时传来阵阵虫儿的鸣叫。夜空中，月光皎洁，星星一闪一闪，挂满了苍穹的帷幕。

姜炽天将我送到楼下，这才依依不舍地松开了手。

"那……我进去了。"

"嗯。"他点点头，凑上前在我额前吻了一下，说道，"快进去吧。"

我的脸不争气地又红了，连忙转过身向宿舍楼走去。

"箐箐。"他温柔地唤我。

"嗯？"我停下脚步，回望过去。月光洒在他的脸上，使得他原本棱角分明的脸柔和了许多。

他微笑，又朝我摆摆手："没事了，快进去吧。"

我一步一回头，磨磨蹭蹭地走到楼梯口。

楼管阿姨脾气不错，也没多说什么就给我开了门。我悄悄回到宿

舍，姜蓉她们几个都已经睡了。

我不开灯，轻手轻脚走到窗口。月光下，姜炽天忻长的身影依然伫立在那儿。

他肯定是看到了我，于是又朝我摆摆手，示意我赶紧休息，这才迈着长腿转身离开。

那一晚，我睡得无比安心，如果姜蓉半夜起来上厕所，我想她一定都能看到睡梦中的我嘴角溢出的笑容。

第二天，等我睁开眼的时候，宿舍里的人已经都走了。

姜蓉在我的枕边留了一张字条——箐箐，今早主任临时有事，所以第一节课和下午的信息技术课调换了，你昨晚回来得那么晚，就好好休息吧，我帮你请个假，第一节下课来喊你起床。不要太感动，继续睡吧。

我感动万分，翻了个身准备继续睡觉。

这时，宿舍门被打开，我懒得动，但是我听到了周曼曼的声音。也许她没有想到这个时间宿舍会有人，于是自顾自地打起电话来。

"事情都过去这么久了，而且快到期末了，大家都忙着考试呢，这么做还有意义吗？"

"上次那邮件虽然屏蔽了IP地址，但还是被查到了端口的位置……"

"听说顾箐箐怀疑是陈晓阮，都和她闹翻了，我可不想把事情再搞大了，毕竟是一个宿舍的……"

我不知道周曼曼在和谁打电话，也听不到电话那端的人究竟说什么，但她所说的内容却让我只觉得头脑一阵充血。我噌地坐了起来，掀开被子跳下床，站到了周曼曼的面前。

"啊——"

周曼曼显然被我吓到了，她慌忙挂了电话，神色慌张，不敢直视我的眼睛。

"周曼曼！那封电子邮件是不是你发的？"我厉声质问。

"顾箐箐，你在说什么啊？"她别开脸，躲闪的眼神更加证实了我的猜测。

"呵，你还要继续伪装下去吗？枉我一直把你当朋友。你为什么要这样做？"

"你……你……你有病啊！我都不知道你在说什么！"周曼曼心虚地叫道。

此时此刻，她在我的眼里只不过是一只纸糊的狮子，纵然她还在竭力地张牙舞爪，可我深知她的内心有多虚弱。羞愧和畏惧在她的脸上弥漫开来，她却还是不肯认错。

"你还想欺骗我到什么时候？我从没想到你会做出这样的事。果真是知人知面不知心，你让我觉得好寒心。"我直直地站到她的面前，她的额头冒出细密的汗。

"我承认是我做的，但是那又怎样？至少我没有造谣吧，那些都是不争的事实。"周曼曼还在极力地为自己的行为辩解。

第六章

我们都一样，年轻又彷徨

"你用这种不齿的手段来伤害姜炽天，你难道不觉得于心有愧吗？你真是让我见识到了人性的可怕。"想到姜炽天因为这件事而承受的种种伤害，我的心隐隐作痛。那是怜惜，也是感同身受的同理心。

"对……对不起，菁菁，我真的不是故意的。我只是头脑发热才做了那样的事，我真的不是故意要伤害他的，请你原谅我。"周曼曼满脸羞愧地看着我，她像是一个做错事的孩子，此时只能眼巴巴地等待着我的饶恕。

"有好多事都和你无关，你又何必深陷其中呢？我想，你的背后一定是有人指使吧，否则你根本不可能收集到那么多的资料。周曼曼，你最好告诉我所有的真相，否则，我一定不会善罢甘休的。我的手机已经录了音，如果你不配合，我很乐意把事情闹得足够大！"我凝视着周曼曼的眼睛，一字一句地说道。

也许是我的态度太过坚决，周曼曼的表情开始越发地尴尬。最后，她索性丢掉手机，然后一屁股跌坐在地板上："呜呜……我真的不是故意的。大家好歹同宿舍一场，我不至于害你们。算了，我也不替谁掩饰了，我退出了。只是请你不要生气，菁菁，我错了。"

看着周曼曼痛哭流涕的样子，我叹了口气，然后大步走到她的电脑桌前。

"你不介意我打开你的电脑看看邮件往来吧？"我问她。

"嗯。你看吧。密码是我的生日。"周曼曼慌忙说道。

阳光轻柔地照在房间里，明晃晃的一大片。微风吹过窗帘，竟有一帘幽梦的错觉。周曼曼的笔记本正端放在我的眼前，周曼曼和那个"后台"的邮件往来也暴露在我眼前。

　　"是她？"我抬头看向周曼曼。

　　"嗯。"她小鸡啄米般地点头。

　　"她为什么要这样指使你？她这样加害姜炽天，难道对她有什么好处吗？我真的猜不透你们的想法了，唉。"我叹了口气，然后把电脑放回原位，心情却再也无法恢复，就像是一块巨石投掷入湖水里，惊起的涟漪一圈一圈又一圈，根本无法在瞬间平静下来。

　　在过去的许多年里，我屡屡领教到人性的阴暗与残暴，于是，我也开始慢慢地接受了这种事实。可是，当这样的事情又一次发生在姜炽天身上的时候，我却觉得这样的事情是绝不被允许的。坚决抵制姜炽天会受到伤害的可能，我像一只老母鸡护着小鸡仔，勇敢而又无畏。

　　在学校的树林里，我堵住了悠闲散步的关子晴。

　　看到我，她没好气地说道："怎么了？我的少奶奶，你难道不是正躺在宿舍做着你的豪门梦吗，怎么能够屈尊来到这里呢？"她说完，接着便发出一阵狂妄放肆的笑。

　　"至少我不会在背后盘算着怎样算计人，至少我的行为都是无害的，而你呢？"我定定地看着她。

　　关子晴故作惊讶地说："我？我怎么了？我的行为难道就是有害？"

"对，你心里都清楚。"我冷笑。

关子晴到底不是周曼曼，她的神情没有一丝慌张之色，表情伪装得无懈可击，仿佛她真的是一个清清白白的无关之人。

"呵呵，我一点儿也不清楚，我的少奶奶。"关子晴讥讽地说道。

"难道你这么快就忘了加害姜炽天的事？你让周曼曼发出的邮件，难道你这么快就忘了吗？"我质问她。

"怎么，她这么快就被招安了？"关子晴冷眼看向我。

"她去上课，我偷偷地打开她的电脑，发现了你们之间的来往。既然敢做，就要敢当，这样才对得起你关子晴的大名。"虽然周曼曼的行为实在不妥，可我还是不忍心不为她考虑，所以，我只能选择以这种撒谎的方式来保护她。毕竟是同宿舍的人，低头不见抬头见的，我根本下不了狠心。

"是我做的又怎样？我的资料都是真实可靠的。没有杜撰，没有虚夸，可以称得上是良心报料人吧。"关子晴冲我挤弄眼睛，我却觉得自己满身的愤怒值正在飙升。

"所以你根本不在乎你的行为会怎样伤害别人？"我冷声问，身体忍不住轻微颤抖起来。

"那和我无关，我并不在乎。"关子晴冷漠地摊手。

"你真的是太毒了，简直就是蛇蝎心肠，太可怕了。"我退后几步，只觉一阵心寒。

"我想，我和你比起来真的不算什么，我只是还原一个事实罢了。而你呢？你可是一直都在揣着麻雀变凤凰的野心，所以你费尽心机地接触姜炽天，甚至到了没羞没臊的地步。你这样步步为营，难道不是冲着姜炽天的家产去的吗？你自诩真心实意对姜炽天好，可他如果一无所有，你大概就会避之不及了吧。作为一个女孩子，你难道就不觉得你的行为很耻辱吗？难道你的父母没有告诫你这样的事情很丢人吗？"

关子晴振振有词地说着，她永远都在全力以赴地去寻找别人的纰漏，而绝不肯低下头清醒地审视自己。她的话让我觉得既嘲讽又可笑，甚至还觉得有些可悲。

更重要的是，她竟然提到了我的父母。那原本就是我内心深处不可碰触的软肋，我觉得自己的情绪一下子便跌到了谷底。

"怎么了？你怎么不说了？是不是又被我戳穿了真相？"关子晴不依不饶地说。

我只是抿着嘴巴看向远方。远方的天空实在是蓝，像是一块巨大的蓝色幕布高悬在空中，柔软的云朵片片游荡，就像是海洋里自在游弋的鱼。

"我不是你，我不会有你那么多的阴暗心思，你太小看我了。"我转头看向她。

"顾菁菁，这些事和你无关，你也不必再蹚这趟浑水了。而且，你的少奶奶梦还是少做为好，说不定姜炽天哪天就成了穷小子，你还

是及时抽身为好。"关子晴自顾自地说道,她并没有注意到她的身后有人正满脸怒色地走近。

来人正是方敏茹。

方敏茹并不喜欢我,从她看向我的眼神就可以清楚地确定这个事实。可是,方敏茹喜欢姜炽天,她和我一样都不希望有人伤害姜炽天,任何人都不可以。

"那天的邮件是你发的?"方敏茹满脸怒色地站在关子晴面前。

"不……不……不是。"眼见着方敏茹来势汹汹,关子晴只得撒谎自保。

"你们的谈话,我都听到了。难道我的耳朵出了问题?"方敏茹问。

关子晴只得沉默。

"关子晴,我没想到你竟然这样无耻。是不是觉得姜炽天现在被你搞得声名狼藉了,所以就没人关心没人在意?我告诉你,你想错了。只要我方敏茹在清源学院一天,我就会守护姜炽天一天。既然你这样伤害姜炽天,我真的无法对你温柔以待了。"方敏茹话音未落,身后呼啦啦地出现了许多人。

"对不起,我错了。"眼见着自己寡不敌众,关子晴决定示弱。可惜,这种策略并未见效。

方敏茹一个眼神示意,众人一拥而上,关子晴很快便被推翻在地。

一时间，众人的咒骂声与关子晴的哭泣声混合在一处，整个场面竟有兵荒马乱的错觉。

我不忍心再看，只能转头看向方敏茹说："谢谢你。"

方敏茹看了我一眼，然后幽幽地说："你难道不知道我很讨厌你吗？今天的事和你无关，我教训她只是为了姜炽天。不止是她，任何人胆敢伤害姜炽天，我保证不会让他好过。"

"嗯，我知道了，再见。"我拎着包快速离去，身后隐约传来关子晴哀号的声音。

说不同情是假的，可是，说不恨她也是不可能的。如果不是她，姜炽天的伤痕也不可能那样赤裸裸地暴露在众人面前；如果不是她，也许姜炽天渴望的"岁月静好"也绝非是幻梦。

04 有你在身边，前路不惧怕

在方敏茹教训了关子晴之后，姜炽天在学校的生活勉强恢复了平静。大概是方敏茹杀鸡儆猴有了成效，许多人开始不敢造次，我不清楚这到底是好事还是坏事，但是至少，不会再有人肆无忌惮地伤害姜炽天了。

姜炽天还是经常会到我上班的地方去看我，每一次，他都是笑意盈盈地走向我，眼神里满是宠溺与温情。这样的姜炽天早已不再是从

前那副桀骜不驯的模样，他开始懂得了隐忍与沉默。

有很多次，我们肩挨肩坐在安静的街道上，一人手里握着一杯热饮，我们一言不发地喝着，彼此之间并无太多的言语交流。可是有些事，四目相视之中，早已尘埃落定。只需一个眼神，就抵得过千言万语。

有些时候，我甚至会觉得我们是两个不幸的孩子，因为同病相怜而拥抱在一起彼此取暖，彼此安慰。在阳光面前，阴暗终究还是会显得有些卑贱。所以，在其他人面前，我和姜炽天很少提起自己的不幸。路逢剑客须呈剑，不是诗人莫献诗。因为他们的阳光太过耀眼，唯恐伤了自身的脆弱。所以，我们都选择了远离人群，惺惺相惜，彼此慰藉。

生命就像是野草一样蓬勃而卑微，如此盲目而又从未可知。所以，我们的世界总是黑暗，总是痛楚。

"菁菁，你说，这个世界有没有百分之百幸福美满的人呢？"眼前的万家灯火明亮又温暖，姜炽天抬起头，问我。

"这个世界根本不存在完美，所以大家都是各有各的缺憾，各有各的幸福，哪里能拼凑完整呢？"我说。

"所以，大家都是不快乐的吗？"姜炽天的声音轻而柔，像是微风拂过耳际，我只觉这样的时光无比惬意。

"不，我现在很快乐。"我坚定地看着他。

他回望我，两人相视一笑。

幸福，是永恒的。所以，并不存在。而快乐，却是短暂的，稍纵即逝，细微而琐碎。不过是一些小事情，却能让人感动。就像是姜炽天陪着我下班回家，就像是姜炽天和我说话，就像是姜炽天带我去做许多小而有趣的事。

难道，我的快乐都是因为他？

我头昏脑涨地想了半天，最后却惊讶地发现：我的快乐竟然真的都是因为他。在林茂离开之后，我很少再对谁产生这样的情感，可是现在，我猛地意识到自己似乎真的是动了情。这个结论让我感到又羞愧又甜蜜，又悲伤又欢喜。

有许多个夜晚，我和姜炽天并肩在夜晚的城市里穿行。这个世界与我们并无太多关联，在那个时刻，我们是彼此的唯一，相互扶持着走过这苍茫人世。就像梅艳芳的歌词："管不了外面风风雨雨，心中想的是你，只想和你在一起。"那样甜蜜而又悠然。

"你为什么会对我这么好？"在姜炽天送我回宿舍的路上，我冷不丁地问他。

"从我第一次见你的时候，我就知道你是个有故事的人，你的眼神都在泄露着你和他们不一样。在面对很多事情的时候，他们会惊慌失措，但是，你只是一如既往地笃定和沉稳，仿佛什么事情都无法将你影响到。你很孤独，你的心里有一个孤单的小岛，那是你的过去，你一直都不肯忘掉它。也许，我们都一样。"姜炽天静静地说着。

"我们都是这个世界的弃儿。来，为我们的身世而干杯。"我没

第六章

我们都一样，年轻又彷徨

心没肺地举着热饮的杯子，泪水却已夺眶而出。

尽管这个世界那么荒凉，如若有人懂你，那必然会是岁月赠予的最好嘉赏。我忽然就懂得了姜炽天的隐忍，他是如此心思缜密，却也能够做到不动声色。这样的品行，多么让人敬佩。我想，这就是姜炽天身上自带的一种魅力。别人无从模仿，而他亦无从舍弃。

至少，有他在我身边，路途再崎岖，我都无所畏惧，这便是相逢的真意。这样就已足够。

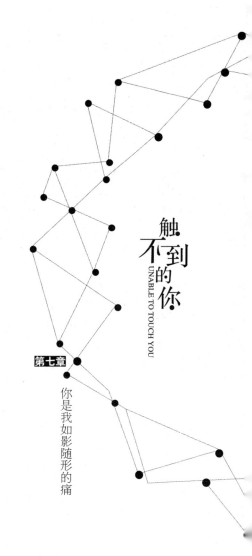

触不到的你

UNABLE TO TOUCH YOU

第七章

你是我如影随形的痛

01 消失的姜炽天

姜炽天毫无征兆地消失了。

没有留下只字片语，也没有留下半点儿音讯。一切都来得太过突然，我竟有些手足无措。

"姜蓉，姜炽天已经消失好几天了，我很担心他会出什么事。"我惴惴不安地说。

"应该没事的，姜大少爷可是身经百战的人，人家什么大风大浪没见过？不会有事的。"姜蓉原本正在对镜化妆，她放下手里的睫毛膏，坐到我的身边宽慰我。

"可是，今非昔比。以前有他爸爸在，没人敢对他怎样。但是现在，物是人非。我昨晚竟然梦见他被绑架了，真的好可怕。"我苦笑不止。

姜蓉拍拍我的肩膀说："傻丫头，什么人敢去绑架他呀，活腻了！别多想了，也许，姜炽天只是一时兴起去了国外旅游呢？或者，他正潜伏在城市某个角落为你酝酿特大惊喜呢？别着急，你先耐心等待几天，说不定他就出来了。"

姜蓉的话让我原本焦躁不安的心缓缓地平静了下来。

大概是两个人在一起相处的时间有些久，所以我把姜炽天的存在当成了习惯，一旦他不见了，我就觉得内心烦躁难安，这应该就是依赖吧。

在这个世界，我们原本都是微不足道的芸芸众生，可是为什么，当我们如此真切地凝视一个人，我们便会发现世间一切都不过是他的背景？他的面容可以极快地被我们辨别出来，而后惊艳了我们的世界。在那一刻，你恨不得毫无纰漏地拍下他每一个瞬间的举动，存放起来，以备日后重温与回忆。就算岁月浩荡凶猛，只要能够紧抓最初的鲜活时光，那就够了。

"那我就再等两天，如果他还不出现，我就想办法去找他。"我在心里暗下决定。

两天后，姜炽天依旧没有出现。于是，我找到了方敏茹。

"我知道你很讨厌我，但是现在姜炽天消失了。我怀疑他遇到了一些事，所以，我想拜托你能不能利用你的关系，帮我打听下姜炽天的消息？"方敏茹戴着黑色墨镜，表情冷漠地听我说完自己的诉求。

"我知道了，有消息会通知你的。"方敏茹转身离去，我的心却有了几丝安定。

第七章　你是我如影随形的痛

我觉得自己距离姜炽天又近了一步。

当天晚上，我正在宿舍浏览网页的时候，有人突然敲门，打开门，却是方敏茹的跟班之一。

"怎么？有消息了吗？"我问她。

"有，但不是什么好消息。我找到姜家大宅的保安，他告诉我，姜炽天现在被他哥姜远航软禁在家里了。这个消息来源绝对可靠，敏茹姐让你尽快想办法解救姜炽天。不然的话，后果不堪设想。"女孩说完话便飘然而去，只剩下我一个人呆立在原地。

最担忧的事情到底还是发生了。姜炽天果然不是凭空消失的，他是被挟持的，否则，他怎么放心让我一个人穿过漫长昏暗的街道？他曾说过要一直陪我的，他才不是言而无信的人。

在知道姜炽天的消息之后，我马不停蹄地找到了于陆。

"于陆，我希望你能陪我去救出姜炽天，他现在被他哥哥软禁起来了。这种事情，女孩子帮不上什么忙，所以，我只能来找你了。"我满怀希望地看向于陆，可是我在他的脸上看到了无奈与惶恐。

"菁菁，不是我不帮你。而是这种事情，我们就不应该去掺和。他们和我们并不是同一个世界的人，他们有他们的相处规则，我们根本无须操心的。而且，如果事情真像你说得那样，我们就更不应该掺和了。否则的话，我们非但没有救出姜炽天，甚至连自己都要搭进去了。那个充满算计与阴险的世界，我们还是不要涉足了。你觉得呢？"

虽然于陆的话并非是绝无道理，可是我怎能对姜炽天的困境坐视不管？我做不到，我也不能那样做。

"可是，我和他是好朋友，好朋友就应该是互帮互助的。你说呢？"对于于陆的拒绝，我还是不肯死心，所以，我决定继续劝说于陆。

于陆摇摇头说："菁菁，这个世界的许多事情都是因果循环的，你看到这个果，可你却不知曾经的因，又有什么意义呢？而且，我们对于上层社会的规则一无所知，我们又怎能横冲直撞呢？就算我们勉强救下姜炽天，难道我们从此就要踏上逃亡的不归路吗？"

于陆的苦口婆心并未换来我的回心转意。我意已决，无从更改。

"我理解你的担忧。那好吧，我不麻烦你了，我再想办法。"我苦笑着和于陆告别，然后转身走进人海之中。

我想要知道这些行色匆匆的人都有着怎样的生活、怎样的故事，他们会不会也有求而不得的人，也有寻而不见的梦？

这个世界总是以残缺的方式出现在人们面前，要是谁执意要守得尽善尽美，那么，最先破碎的，大概就是这个人了。

就像是那些理想至上的诗人，怀抱着满腹的才情，却无法等候到一个纯白干净的乌托邦。于是，他们一个个选择了陨落，以惨烈而又孤寂的形式，就像是海子，就像是顾城。

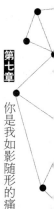

第七章

你是我如影随形的痛

－ 151 －

02 谁来帮帮我

有人说：直到失去的时候，人们才会懂得珍惜。对于我而言，直到姜炽天消失不见，我才意识到自己对他的感情有多强烈。那是一种镶嵌在骨子里的牵念，我闭上眼就会想到他，我睁开眼就会看到他，这样的感觉，大概就是爱吧。这个尘烟四起的世界，爱是沧海遗珠。我不想让自己被寂寞鞭挞至体无完肤，所以，我甘愿用最愚笨的姿态与爱同行。

可是，在姜炽天深陷困境的时候，我却只能跌跌撞撞地四处为他求助。这个世界这么大，可是我能够依靠的人却是那么少，这样的事实让我觉得既心酸又讽刺。

"李渊，你什么时候有时间，我们能见个面吗？"在学校的花园凉亭，我拨通了李渊的电话。

"随时都可以。"李渊在电话那头爽快地说道。

"那半个小时以后，学校门口的冰点咖啡厅不见不散。"

挂掉电话之后，我的内心升腾着难以挥散的兴奋。就像是几近溺亡的人忽然遇到了救命稻草，一切都变得不可思议。

小小的冰点咖啡厅里，我端坐在李渊的对面。如水的音乐缓缓响起，浓郁的咖啡香味萦绕不绝。

"怎么今天想到我了？"李渊落落大方地说道。

"嗯。有事要拜托下你，可能会有些麻烦，也希望你能做好心理准备。"我如实说道。

"没关系。无论是什么事，我都会全力以赴地为你做好。你不必担忧，有我在，没事的。"李渊的眼眸闪烁着明亮的光芒，他不紧不慢地说道，语气坚定而又诚恳。

"姜炽天现在被他哥哥姜远航软禁起来了，我想知道他被软禁在哪里，还有就是，你能不能和我一起救出他呢？我知道这种事情确实有些强人所难，如果你不愿意，我不强求。"我低低地说道。

"怎么会呢？无论是什么事，我都会帮你的，这件事也不例外。"李渊似笑非笑地说道。

"谢谢，来日一定重谢。"我听到他这样说，觉得黑暗中仿佛出现了一道曙光。

"既然答应帮你忙了，那就再问你一个问题吧，也算是两不相欠，你可要如实回答。你是不是喜欢上姜炽天了？"李渊猛不丁地抛出这个问题，我被吓了一跳。

"啊，这个啊，算是吧。"我满脸燥热地说。如果眼前有面镜子，我相信我肯定会看到自己脸色绯红的窘样。

"既然如此，这个忙，我帮定了。"李渊轻抿一口咖啡，淡然地说道。

有了李渊的帮助，我觉得自己的解救行动几乎是成功了一半。虽

第七章 你是我如影随形的痛

然我和李渊相识的时间并不算久，但是我从来都很相信他的能力。无论多么棘手的事情，他都能够瞬间让它变得柔顺。这就是他的个人魅力。

果然，在第二天下午的时候，李渊告诉我，他已经顺利地找到了姜炽天被软禁的地址，就在姜家大宅里。

经过这件事情，我对李渊的能力更是深信不疑。在找李渊之前，我也试图在社会上找私家侦探寻找姜炽天的下落，但是，他们要么畏惧于姜远航的势力而不肯接单，要么就是能力不足，不具备寻找到姜炽天的能力。但是现在，有了李渊，我觉得自己的整个计划都顺利得令人惊讶，简直是如有神助。

"那我们什么时候去救他？"我问李渊。

"怎么？你很急？"

李渊的话瞬间戳穿我的心事，我别过脸去。

"不是，我只是担心姜炽天！谁知道姜远航会对他做出什么事？"我慌忙辩解道。

"既然如此，那我们就尽快行动吧。"李渊说。

"尽快？今晚可以吗？"我忙不迭地问。

"如果你愿意，当然可以。"

李渊的存在让我真切地体会到了"雷厉风行"是什么感觉，说做就做，几乎没有任何迟疑。

03 拯救姜炽天

当天晚上，穿着黑色衣裤的我，跟着李渊来到了姜家大宅的门前。

远远望去，姜家大宅富贵大气如同宫殿。可是在我的心里，它只是一座冰冷残酷的监狱，因为它牢牢地囚禁着姜炽天。

已是深夜，宅子里依然灯光璀璨，五颜六色的路灯肆无忌惮地招摇着自己的绚烂。一切都是如此的不真实，如同幻梦一般。

李渊蹑手蹑脚地从大门的另一侧寻觅到一个侧门，门被花草遮挡，要不是费心寻找，根本无从寻觅它的踪迹。门很小，也很窄，仅能容得下一个人穿过。李渊和我一前一后地从小门匍匐向前，门的尽头直入姜家大宅的后花园。夜晚的花园寂静无声，只剩花香扑面而来，让人忍不住迷醉其中。

"你怎么能找到这么僻静的侧门？"我问他。

"我找到宅子的房屋设计师，他那里还保留着这座宅子的建筑设计图。侧门在图纸上有显示，我当然能够找得到。"李渊说道。

"难怪了，我还以为你经常来姜家做客呢。"我没心没肺地说道，却忽略了李渊嘴角一闪而过的笑意。

"你想多了。我先去引开保安，你从左边楼梯上楼，那里是监控

第七章 你是我如影随形的痛

盲区。上楼之后，你往左拐，进入左边第三个房间，姜炽天应该就在那里。你进去之后，把这瓶饮料给他，关在房间里太久容易缺水，喝点儿饮料最好，否则的话，一出门就会晕倒。"李渊淡然自若地说着，仿佛我们不是擅自闯入者，倒像是参观的游客。

"咦，你怎么知道那么多？"对于李渊的"万能"，我惊叹不已。

"这些是常识，难道你不知道？"李渊淡淡地反问我。

"我……我……我好像真的不知道。"我结结巴巴地说。

"你笨。"李渊言简意赅地说道。

"好吧。我上楼去了，麻烦你了。"我总觉得自己和李渊在一起，就是一场有关于"学渣"和"学霸"的较量。

沿着鹅卵石堆砌的小径，我缓缓行至李渊交代的左侧楼梯。楼梯很暗，微弱的路灯勉强能够照出丝丝光亮。楼梯大概是被荒废许久了，所以墙角竟有葱绿的青苔茂密生长。我踮起脚挪步向前，不敢发出太大声响，唯恐惊扰到这座宅子的清梦。

到达二楼之后，我按照李渊说的地址，找到了囚禁姜炽天的房间。房门并未上锁，我轻轻地推门而入。偌大的房间冷冷清清，仅有的一张木床，上面有人蜷缩成一团。

"姜炽天，是你吗？"我怯怯地问。

"菁菁，是我！是我！"姜炽天欢喜地回应着我。

我飞奔而去，只见姜炽天的手脚被牢牢地绑在床脚上，他根本无法挣脱。

"让你看到我这么狼狈的一面。"姜炽天不好意思地说道。

"傻瓜，是我没有及早来救你。对不起，你等一下，我找剪刀把绳索剪断。"我四下寻找剪刀，可惜并未如愿。但是在墙角，我竟然发现了一把小刀，虽然已锈迹斑斑，但是至少能够让我勉强割断捆绑姜炽天的绳索。

在手脚恢复自由之后，姜炽天摸着我的脸说："箐箐，谢谢你来救我。"

"才不是救你，我只是害怕一个人走夜路。"我笑嘻嘻地说。

"那你有没有想我？"姜炽天一把搂住我，他的双手还未完全恢复力气，如果我执意挣脱，我想我一定会成功的。可是，我不想。我太贪恋他的温柔了，我舍不得拒绝他。

"快走吧，不然姜远航又来了。"我提醒姜炽天。

"对，来日方长。"姜炽天这才心不甘情不愿地松开我。

"喏，你喝点儿东西吧。"我把饮料递给姜炽天。

他显然是渴了很久，一口气就喝了半瓶。

"我们走吧。"我扶着双腿绵软的姜炽天，一步步地往外走。

"这里的保安去哪里了？"姜炽天疑惑地问。

"被李渊支开了。他陪我一起来的，也是他查到你被关在这里的。"我解释道。

"李渊？"姜炽天眉头紧锁。

第七章 你是我如影随形的痛

"嗯。怎么了？"我问。

"没事，也谢谢他。"

我和姜炽天下楼之后，李渊已经在等我们了。

"困在自己的家里，这种感觉怎样？"李渊似笑非笑地看着姜炽天。

"还好，谢谢。"姜炽天说道。

寂静的宅子里，我们三个像行走黑暗的生物，不着痕迹地从花园的侧门离开了。虽然这样的行为多少有些不妥，但是至少经过这次冒险，姜炽天如愿得到了自由，这便是最好的事。

"接下来，你有什么打算？"李渊问。

"既然不能坐以待毙，就只能愤而反击，我想总会有办法的。"姜炽天目光深远地看着前方的幽暗街道。

接下来，我们谁都没有说话。路灯拉长我们的身影，影影绰绰，却又寂寥无比。

"既然你已经自由了，我也该走了，再见。"李渊潇洒地和我们挥一挥手，然后便跳上了一辆出租车。

"谢谢你。"我冲着李渊的背影大喊。如果不是他，我又怎能这般轻易地找到姜炽天？他像是一员福将，他的长矛指向哪里，哪里便是安宁与圆满。

"箐箐，我不在的日子，你有没有很想我？"姜炽天用手捏着我的脸，他还是笑嘻嘻的模样，仿佛之前的痛苦遭遇都是不值一提的小事。

"我才没有很想你呢！我只是担心你好不好？别说是你，就算是我养的一只宠物消失了，我都会这样急不可耐的，这不是因为你的缘故哦。"我口是心非地说道。

有许多心事都只能隐匿在心底，唯恐说出来的话语失了真意。索性就选择沉默，索性就选择暗流涌动。这是人性，也是自我保护的一种最无力的方式。为了避免受伤，只能假意将自己的真情埋葬，这是安慰还是悲哀？

"不！你不会为了一只宠物而甘愿冒生命的危险。你要知道，姜家大宅一入便深似海，一旦出现纰漏，你的前途甚至是生命都将岌岌可危。但即便如此，你却还是愿意去救我，这难道不是你的真情流露吗？"姜炽天恢复最初的霸道语气，他字字句句地剖析着我的心理，让我羞红了脸。

"你这是得了便宜卖乖。"我指着姜炽天，故作生气地说道。

"好啦，好啦，我理解你，女孩子都是很矜持的嘛！"姜炽天拍拍我的肩膀，我却感到浑身像是被电击中。

"别闹了，你先想好今晚到哪里休息吧，不然的话，我们真的就要流落街头了。"看着姜炽天自我陶醉的神情，我只得把残酷的现实戳破。

"也是哦，这样吧，我们去找个宾馆吧，那么晚了，你回宿舍的话，宿管阿姨又要发牢骚了，好不好？"姜炽天看向我。

此时已是夜晚十一点儿多，城市陷入昏睡之中，街道清冷寂寥，万事万物都已沉溺在梦境里。即便我现在赶回宿舍，宿管阿姨也未必愿意给我开门，到时候孤零零地等在门外，倒不如趁早找个宾馆休息，也算是告慰了一路心惊胆战的辛苦。

"好吧，那就勉为其难吧。"我撇撇嘴，话音刚落，整个人便被姜炽天拽向路边的一家快捷酒店。

"你好，给我来两间标准间。"姜炽天对着酒店前台说道。

啧啧，虽然姜炽天有些时候无理得像个流氓，但是在原则问题上，他绝对是一个正人君子。想到这里，我对姜炽天的赞誉之情油然而生。

"不好意思，先生，我们这里暂时只有一间大床房，不知道你们二位是否愿意将就下呢？"酒店前台略带抱歉地说道。

啊？当然不愿意啊！孤男寡女共处一室，像什么样！我这样想着，还未来得及说出口，只见姜炽天狡黠一笑："好吧，那就一间。"

"一间房啊，我们怎么睡得下？"我尴尬地看向姜炽天。

"虽然你有些胖，但是挤一挤，我相信还是睡得下的。"姜炽天不怀好意地调侃着我。

当着旁人的面，我只能缄默无言。

酒店的走廊很长，我和姜炽天一前一后地走着。他在前面大摇大摆地走着，我在后面却是步步惊心、忐忑不安。

"我知道你在想什么，没那么容易，我才不是随便的人呢。所以，你就别打我的主意了。"姜炽天回头看向我，言语轻佻地说道。

"是你想太多，我才没有打你的主意。"我故作轻松，扭头辩解道。

"哈哈，做人要诚实，我知道你已经爱上我了，不要急，我会慎重考虑一下你的。"姜炽笑得没心没肺，我却只能哑口无言。

酒店的房间很大，设施很齐全，只可惜只有一张床。洗漱过后，我局促不安地在房间里来回踱步，最后心一狠眼一闭就势躺在沙发上。

"怎么，你要睡沙发？"姜炽天光着上身从浴室里走了出来，他笑容邪魅地看着我。

"不然呢？难道要让你睡沙发吗？"又困又累的我没好气地说道。

"或者，你可以考虑和我一起睡到大床上。你放心，我对你绝对不会有任何非分之想的。"

姜炽天越是这样说，我的心里越是忐忑。于是，我翻了个身，继续赖在沙发上。

"看来，你这是逼我动粗。"姜炽天一个箭步冲到我面前，我还没来得及挣扎，整个人已经被他腾空抱起。

"姜炽天，你不能这样。"我大叫。

"我必须这样。"姜炽天一边说着，一边把我轻柔地放到柔软的

大床上。果然要比沙发舒服，我竟有种赖着不走的冲动。

"放心！我不会伤害你的！我发誓！"这一次，姜炽天没有再嬉皮笑脸，他的认真让我一阵心安。

我不敢直视他的脸，于是挪到床边，和他隔着远远的一段距离。

"可是，你能不能不要离我太远，我想抱着你入睡。"姜炽天伸手搂着我，我缓缓地挪移到他的怀里。

那是一种侵占血液的温暖，纵然外面的世界兵荒马乱，至少有他在我身边，乱世也能让人心安。

"姜炽天，天亮之后，你有什么打算？"房间的灯盏已经熄灭，我和姜炽天在幽暗的空间里缓慢闲谈。

"我打算和姜远航对峙，他对我做了那样的事情，他必须付出代价。在整个帝豪集团里，我们的股份是相等的，他选择了囚禁我，这完全侵害了我的利益。如果他不道歉，我就只能找律师和他在法庭上见了。"姜炽天一字一句地说着。

我想，这个计划必定是在他心里盘旋已久。

"好，我支持你，无论你需要什么，只要你和我说，我一定会帮你的。"我说得认真无比。

"你能把我从困境之中解救出来，这就是你对我做过的最好的事，接下来，所有的难题都交给我吧，我是男人，你就放心好了。"姜炽天缓缓说道。

"没关系的，只要你好，我就很开心了。"我听着姜炽天均匀的呼吸声，内心很平静，像是一艘小船驶入寂静碧海，一切都是最惬意的姿态。

"你知道吗？有好几次，我都想要离开你。我害怕我会拖累你，因为我太清楚姜远航的为人。一旦触犯到他的利益，他是真的可以无所顾忌的。我害怕他会伤害你，所以我一直很担心这一点儿，但是现在，我看到你这样勇敢，我觉得很感动。所以，我必须站起来保护你，你是我的全部。你知道吗？"

姜炽天的话语在我耳边萦绕，我觉得自己整个人都沉浸在他的柔情蜜语中，根本无法拒绝。

"嗯。我知道。"

04 这就是幸福

早晨醒来的时候，阳光透过窗帘的缝隙调皮地洒落在床单上，明亮而又耀眼。

"你醒了？"姜炽天温柔地看着我。

"啊！不好意思。是不是很晚了？"看着姜炽天俊秀的脸庞距离自己如此近，我不自觉地红了脸。

"嗨！你知道吗？我刚才就在想，如果我们能够一直这样一起在早晨醒来，那肯定我是这辈子最大的幸福。"姜炽天说道。

面对姜炽天的深情告白，我忽然脸一红，不知道该说些什么了。

"你会陪着我的，对吗？"姜炽天轻吻我的额头，他的唇清凉而柔软，像是春日里最为绚烂的美梦，就这样肆无忌惮地绽放在我的眼前。

"该起床了，今天你还有重要的事情要忙呢。"想到姜炽天今天的安排，我慌忙催促他起床。

"好吧。"姜炽天不情不愿地起身下床，我也赶紧冲到卫生间洗漱一番。

两个人收拾完毕之后，我和姜炽天去前台退了房间。看着前台姑娘琢磨不透的笑意，我竟然觉得有些尴尬。

"看。我做到了，虽然我很想要做些什么，但是我答应你的，我不会伤害你。"姜炽天在我耳边幽幽地说。

"忘掉它吧，拜托了。"我不得不求饶。

姜炽天大步流星地走在街道上，细碎的阳光落在他身上，他像个金光闪闪的王子。在那一瞬间，我觉得我和姜炽天像是一对携手天涯的情侣，稍不留神，就会白头偕老。可惜，意外总是比明天更先到来。我想要的海市蜃楼并未到来，倒是生活的险恶重重地砸向了我。

在随便吃了一顿早餐之后，我和姜炽天走进了帝豪大厦。

雄伟壮观的建筑如同宫殿般富丽堂皇，每一个细节都散发着艺术与高雅的气息。

"不要怕，我也是这里的半个主人。"姜炽天紧紧地抓住我的手。可是，当我们走进姜远航的办公室里，我却深深地感受到了彻骨的寒意。

巨大的落地窗前，一个高大的男人背对我们站着，晨光让他的身影蒙上一层神秘莫测的阴影。男人听到声响，不缓不急地转过身。这是一个帅气的男人，五官和姜炽天极为相像，可是和姜炽天比起来，他的帅气里却多了一种让人不寒而栗的距离感。

只见他皮笑肉不笑地说道："你都放弃了爸爸遗嘱的继承权，现在又来做什么？"

"放弃？我为什么要放弃？呵，是你想要独吞吧！"姜炽天狠狠地看向他。

"你的放弃协议书写得清清楚楚，现在怎么又反悔了？你自己看看，这里还有你的手印！"姜远航把一沓文件丢在桌面上。

"怎么可能？我根本没有见过这份文件！"姜炽天大叫。

"是吗？那你就要好好地问一问你的女朋友了。"姜远航背靠在座椅上，冷笑道。

"我？"姜远航的话就像是一个重锤，狠狠地敲击着我的太阳穴，我几乎站立不稳。

后来我才知道姜远航话中有话的意思究竟是什么，原来，解救姜炽天那天，我给姜炽天的那瓶矿泉水早被做过手脚，我不知道，他也不知道，他拿起来随口就喝，指纹也就留在了瓶子上。

事情就是这样简单，也就是这样残忍。姜远航拿到了指纹，也就

第七章

你是我如影随形的痛

意味着拿到了姜炽天放弃财产继承的协议。

我不敢看姜炽天寒彻入骨的目光，我很想向他解释这一切我并不知情，但那一瞬间，除了震惊，除了羞愤，我却一个字都说不出来了。

05 于陆和林茂

如果不是我拿了那瓶饮料进去，也许姜炽天就不会那么轻易地接受它，姜远航的诡计也就不会得逞。可是现在，是我害了姜炽天，我恨不得要杀死自己，可是，我根本无力改变现状。

于是，我想到了李渊。难怪他会在姜家宅子里轻车熟路地行动，难怪有他加入之后，一切都变得轻而易举，原来，那一切都是阴谋！

"你为什么要这样做？"我看着眼前的这个人，我发现自己根本不了解他。

"为什么？我就是要让姜炽天也感受下被背叛被出卖的滋味。他欠的，终究是要还的。我恨他，所以我绝不会让他好过。那封关于姜炽天身世的邮件是我发给关子晴的，这次饮料的手脚也是我做的。你可以骂我无耻，但是我告诉你，为了复仇，我什么事都可以做。所以，你的任何指责都是无用的，我绝不会心生愧疚，永远不！"李渊理直气壮地说。他的眼神冷冽而残暴，像是一头苏醒的豺狼。

"李渊，你真的太狠毒了！"心被重重地撞击，我觉得身体里有些信念瞬间破碎。

我曾经最为信任的李渊竟然是这样的人，他的面具之下竟是这般的冷漠与残忍，这让我更加坐立不安。

"我狠毒？在利益面前，大家都一样。姜家老头子死了之后，姜远航一直在处心积虑地拿走姜炽天的股权，那样的话，他就能够独掌整个帝豪集团了，所以他找了律师悄悄地更改了遗嘱。哈哈，这估计就是上天的安排吧，那个律师和我是好友，这件事情恰好被我知道了，我胁迫姜远航和我合作。当然，我是肯定要好处费的，而且，还是一笔可观的数目。"李渊的语气讽刺之中还有几丝恶毒，这样的他让我不寒而栗。

"我不会原谅你的。"我狠狠地瞪了李渊一眼，拎包而去。

关于帝豪集团的新闻很快就在全城甚嚣尘上，所有人都知道姜远航百分之百地拥有了帝豪集团，因此，他也一跃成为全城最年轻的首富。

而姜炽天，他在一夜之间失去了所有，他的名声，他的股权，他的地位，甚至是他的快乐。我听许多人提起姜炽天借酒消愁的情景，可是当我飞奔而去的时候，他已经悄然离去。他对我避而不见，我比谁都清楚他有多恼怒。在他的心里，我不再是那个温柔可亲的小女生，而是一个精于算计的毒妇。

心里的痛苦还未过去，身体的痛苦又一次浩荡而至。在我下夜班

的路上，方敏茹找人堵住了我。她咬牙切齿地对我说："顾箐箐，你真是个祸水。如果不是你，姜炽天过得会很逍遥很幸福，可是现在，你毁了这一切，我绝对饶不了你。你伤害了他，要比伤害我更让人愤恨。"

"我真的不是故意的。"我低低地说道。

话音未落，方敏茹已经一个巴掌狠狠地扇到了我的脸上。我只觉左脸火辣辣地疼，整个人僵在原地，任由她们捶打着我。

我根本无力反抗，直到我浑身伤痕累累，方敏茹才带着那些人愤恨难平地离去。

身体的疼痛让我难以难受，可是我没有留下一滴眼泪。我像个木头人，就这样被她们摧毁。我是一个罪人，这是我最为清晰的感觉。从小到大，我身边的人总是很倒霉，而现在，倒霉对象又换成了姜炽天。

我果然是个祸害。我苦笑不已，直到笑出了眼泪。

于陆在学校的操场上找到了我，他看着我狼藉不堪的模样，眼里竟然升腾出一股柔情。

"箐箐，你要保护好自己，不能这样自暴自弃，好吗？"于陆拍着我的肩膀轻轻地说。

"不，我罪有应得。"我摇摇头。

"箐箐，请你一定要爱惜自己，至少你还有我，从开始到现在，我一直都很喜欢你，请你让我和你在一起，照顾你，陪伴你，好吗？"

于陆的表白让我措手不及，我忽然觉得这一切都好滑稽。

"抱歉，于陆，我无法再爱上别人了。"我还是摇头。

"可是，你一直都很喜欢我，不是吗？"于陆还是不死心。

我只得狠心把真相说出。那是唯一能够击退他的办法，我不想让他对我心存希望，我深知我一定会让他失望到底。

"因为你和我的一个老朋友太像了，他叫林茂。我对他心怀愧疚，所以在认识你之后，我和你走得很近，可内心还是会把你当成他。对不起，我只能把你当朋友，只能！"提起林茂，我的心里再度涌出悲伤。

转头看着于陆，发现他居然怔愣地看着我。

我以为是因为我的拒绝对他打击太大，刚想说对不起，却看到于陆讽刺地笑了笑："这个世界怎么会这么小。"

我不明所以地看着他，一时间不知道他话里的意思。

于陆颓然地立在原处，表情呆滞而又沧桑，他悲伤地看着我说："我就说你这样的女孩为什么会对我这么好，原来是因为另一个和我长得很像的人，真让人失望。"

"对不起，于陆。"我深深地低着头，抱歉地说。

"箐箐，你知道吗？我和林茂是孪生兄弟，只是他后来跟随妈妈改嫁，没想到，他居然和你认识，呵呵，人生还真是讽刺。"于陆悲伤地说，眼神里的光彩似乎一下子全部消失了。

什么？我整个人都呆住了。

原来，原来……他们居然是孪生兄弟。对啊，世界上怎么会有两个人长得如此相像，那肯定是有某种血脉的联系了，只是我根本就没有想到。

"林茂的离去肯定对你打击很大，你们的关系我不知道，但是我想他在你心里一定有着重要的位置。"于陆幽幽地说，转而看向我，嘴角忽然露出一丝笑意，"我想，这也是缘分吧，或许就是上天有灵，才让我们也相遇，好让我能够以好朋友的身份陪着你冲锋陷阵，我也觉得很值得，只要你幸福就好。"

于陆的话竟然让我感动到失语。

原来如此，原来真相竟是这样的离奇。兜兜转转一圈，原来林茂始终都在我身边。

"于陆，谢谢你。"我心存感激。

"没事的，你放心地往前走吧，我会在你身后守护你的，准确地说，我和林茂都会守护你的。"于陆轻轻地抚摸着我的头发。

我的内心涌起一阵温暖和悸动。

"谢谢，一切都会好起来的。"

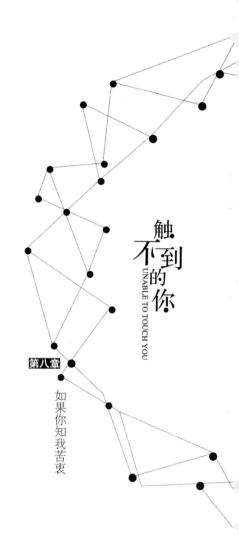

触不到的你
UNABLE TO TOUCH YOU

第八章

如果你知我苦衷

触不到的你

UNABLE TO TOUCH YOU

01 重逢

从那天分开之后，我已经很久没能见到姜炽天，偶尔从新闻上看到他的消息，也无非是他现在多么穷困潦倒，或者是讽刺他不务正业。那些刻薄的言论让我恼火，可是我没有能力改变丝毫。我如此卑微，如此无能，如此一无是处。

从事情发生之后，我一直在想方设法地见到姜炽天，哪怕是他打我骂我，我都心甘情愿。

然而，他却固执地选择了冷处理。

我没任何办法，只能尴尬地看着他飞快离去的背影。

学校不大，可是我们始终见不到面。

直到有一天，我刚走到学校门口，接着就听到附近的巷子有激烈的打闹声。我以为被打的人是姜炽天，所以，我悄悄地绕到巷子后面，只是为了确认姜炽天会不会出现在那里。我很害怕，也很紧张，却只能一步步靠过去。

小巷里没有姜炽天，但我看到了李渊。

那时的李渊已经不再是往日王子般的模样，他满身伤痕地躺在冰冷的地面上。有人抓着他的头发狠狠地摇晃，他的五官因为痛苦而略微变形。这样的李渊是我从前没有见到过的，此时的他才像是一个普普通通的学生，而不再是高不可攀的神秘人。

"小子，做人不能太过分哦，我们姜总愿意给你十万就已是仁慈了，你怎么还这样穷追不舍呢？"为首的墨镜男指着李渊说道。

"十万？之前姜总还是姜大公子的时候，他可亲口答应我是一百万的，怎么一下子就缩水那么多？你们做生意怎么可以这样出尔反尔？"李渊还是不依不饶。

"姜总现在心情不太好，你最好别惹他，否则，我保证让你死无全尸，还有，以后少去帝豪集团，更不许再涉足姜家大宅，那里不是你这种人说去就去的地方！你最好有点儿自知之明。"墨镜男恶狠狠地说道。

"当初你们姜总要我帮忙的时候，他对我的态度可不是现在这样的，过河拆桥的人真恶心，你们都恶心！"李渊朝尘土飞扬的地上狠狠地吐了一口痰。

"做人不要太得寸进尺，要懂得见好就收。姜总说了，如果你敢再纠缠不清，他就一定会让你一辈子都活在痛苦里，到那个时候，你就后悔莫及了。呸！你好自为之！弟兄们，我们走！"墨镜男说完就率领着手下如风卷残云般迅速撤退，只剩下瘫软在地上的李渊，还有躲在暗处的我。

第八章　如果你知我苦衷

我心惊胆战地听完他们的对话，虽然根本没明白到底是什么意思，但我还是感觉到李渊在背地里做了什么见不得光的事。

我看着李渊狼狈的模样，心里像是打翻了五味瓶一样。我不知道自己该不该上前扶起他，或者说，我该不该选择原谅他。看着他这样，我都不清楚自己该用怎样的表情来面对他了。

算了，一切都是他咎由自取，如果不是他那么费尽心思地去坑害姜炽天，他也不会像现在这样被姜远航当成棋子吧。一个人若是心里满是仇恨，他的行为就会变得扭曲而残忍，所以，这样的人也根本不值得被原谅。

人为财死，鸟为食亡，这竟然是一句谶语。在我们的身边，总是有那么多人为了名利、荣誉选择铤而走险，甚至不惜和魔鬼交换自己的灵魂。

我从来都不知道一个人可以堕落到这个地步，可是在我认识了李渊之后，我开始觉得人性果然是罪恶的。原本应该是单纯无邪的人，却非要去浸染那么多社会的污垢。

好在李渊只是我生命里的一个路人，仅此而已。我所在乎的只是姜炽天。在遇见姜炽天之前的那些年，我踽踽独行，我暗自神伤，我孤单彷徨，我流泪狂乱，可是现在，有了他，我的生命就像是被添加了崭新的意义，我甚至开始决定为他而活。

也许是我的诚心打动了姜炽天，在接连寻找他一个多月之后，我终于见到了他。

"姜炽天，好久不见，你瘦了一大圈。"我看着姜炽天，喃喃地说道。

"还好，就当是在减肥了，你最近怎样？"姜炽天努力地做到云淡风轻，可是他的眼神失去了最初的明媚，甚至藏匿着许多哀伤。

"我挺好，我……一直在找你。"我低低地说。

"我知道，在之前的那段时间，我的情绪很不稳定。我像只张牙舞爪的刺猬，不相信任何人，也不相信任何事。我害怕自己会伤到你，所以我选择消失逃避。你会怪我吗，箐箐？"姜炽天语气轻柔地说道，我竟然感动到流泪。

"不！我不怪你。是我不好，都是我的错，对不起。"我哭喊着。

"傻瓜，我怎能舍得怪你呢？这几天我也想明白了，你只不过是被他们利用了而已。在这个世界上，如果只有一个人值得让我相信，我会毫不犹豫地选择你，所以，我又怎么会怪你呢？"姜炽天温暖的大手将我拥入怀中。

我像是一个在冰天雪地里行走多时的人，在瞬间找到了一个温暖柔软的归属。这样的感觉实在美妙，我想，那大概就是因为喜欢吧。

城市的夜灯齐齐亮起，路灯被雨水冲刷得很干净，发出明亮的光。我和姜炽天在人群中缓缓行走。当姜炽天把雨伞举过我头顶的时候，我突然有种有所依附的感觉。

"姜炽天，就算你一无所有，我也不会离开你的，请你放心。"我说。

"傻瓜，我当然相信你，不然，你现在早就像其他人那样对我避

第八章　如果你知我苦衷

- 175 -

而不见了，而不是费尽心机地去寻找。

"有些时候，当一个人跌入谷底的时候，往往才能够看得清楚谁才是最关心自己的人。在我还是姜家二公子的时候，那时候不管是谁都想跟我沾亲带故，但是现在，我丧失了所有的继承权，他们也都恨不得躲得越远越好。这就是现实，我从来都是很清醒的。

"如果不是你，我会觉得这个世界只有尔虞我诈、钩心斗角。但是现在，一切都不一样了。你就是我心里的天使，美丽、善良，而又纯洁。"

姜炽天心满意足地说着，像是对我表白，又像是在对自己呢喃。我只是静静地听着，一言不发地看着他宣泄着自己的情绪。那一刻，我忽然生出相依为命的感觉。

这个世界的人很多，但是真正能够深入交谈的，却并不多。倘若我们想要诉说，树洞总是随处可以找到。但是能够在聊天中棋逢对手的人，总是最为珍贵的。至少，姜炽天是一个非常懂得聊天的人。他的话语不轻不重，不急不躁，却能够让我腹中的郁结全部消退，整个人变得神采奕奕。我需要他，就像是我需要空气，需要衣衫。

在我上课的时候，姜炽天常常会发一些短信来，都是些简简单单的话语，蕴含着意味深长的情愫。偶尔，他也会发一些调皮搞笑的短信，让我能够在瞬间哈哈大笑。

也正是因为他的短信，我好几次被老师点名批评上课不专心。于是，我和他说："你不要在我上课的时候给我发短信，很危险。"他回我："好。我下次注意。"

他是那样乖巧，那样善良，我无法想象这个世界竟然有人不顾一切地想要加害他。

02 不祥的电话

我不是一个贪心的人。

可是，当我和姜炽天在一起的时候，我开始贪婪地沉迷在他的柔情关怀中。无论是上课、下课，还是吃饭、睡觉，当我想到姜炽天的时候，我的内心都会充满温热的幸福。

姜蓉说："箐箐，你是不是已经走火入魔了？"

我摇摇头："才不是呢！只是最近思考的东西有点儿多。"

姜蓉随后把一大堆资料丢到我面前说："既然你在思考，那你就顺便思考下这些资料吧。这都是考试必须要掌握的知识点。祝你好运吧！"

"啊！这么多！"我头脑发晕，忍不住一阵尖叫。

"还好啦，你都连续一周没上主任的课了，不然的话，你就会知道什么是真正的多！"姜蓉对于我最近的忙碌状态十分不满，她形容我像只上蹿下跳的猴子，看上去很忙，却根本不知道在忙什么。

"好吧，好吧，那我就努力做好吧。"我拎起试卷认真地端详，却发现，我竟然全都不懂！果然是学如逆水行舟，不进则退。明明才几天而已，我却落下了一大截。唉，谁让我甘愿"美女救英雄"呢。

第八章 如果你知我苦衷

在这段时间里，我和姜炽天几乎找遍了全城的律师，我们想要通过法律的途径来解决姜炽天的遗产继承问题，可是，老谋深算的姜远航早就警告过全城的律师行。找来找去，我们竟然没有一个人愿意接我们的案子。

"唉，这个社会太让人失望了，小偷都可以这样招摇过市，太可怕了。"我忍不住吐槽道。

"算了，这就是现实，早点儿认清也是好事。"姜炽天淡淡地说道，仿佛没有什么事情会让他再心潮澎湃了。

这段时间的变故摧毁了他身上的桀骜气息，他越发隐忍，也越发心思缜密。他就像是一个冒着枪林弹雨飞奔向前的勇士，明知前路崎岖，却依旧无怨无悔。

莫名其妙地，我竟然觉得姜炽天越来越像个真正的男子汉。

"哇，你真有男子气概！"我大叫。

"嘁。我一直这样好吗？是你没发现，笨蛋。"姜炽天白了我一眼。

"其实，就算你一无所有，我们也可以从头再来。比起那些财产，我更担心你的人身安全，我很担心姜远航会对你做出什么事。"我看着姜炽天，认真地说。

"没事的，都会好起来。"姜炽天用手揉乱我的头发，眼神里满是宠溺。

"嗯。"

直到姜炽天的手机骤然响起，我们四目相对的柔情氛围才至此破碎。

"你等我一下，我去接个电话。"姜炽元拿着手机往旁边走，平静之中隐匿着几丝恐慌。即使他竭力装出云淡风轻的样子，可我依旧能够窥视到他的慌乱。

"怎么了？"我问他。

"没事，我朋友，我一会儿就过来。"我能够感受到姜炽天是在安慰我，很显然，他并不那么愿意接这个电话，因为他的表情在瞬间变得严肃，甚至是呆滞。

"好，我等你。"我冲他挥挥手。

我一个人坐在咖啡厅的木桌旁，寂静的音乐却无法给我带来丝毫安慰。我的心一直在怦怦地跳动，我的直觉告诉我：有些不好的事情正在发生，而我无从阻挠它的发展。这让我感到沮丧。

姜炽天回来的时候，脸色并不好看，他故作镇定地对我说："我一会儿有事要先走，你一个人回宿舍好吗？"

"嗯，好。"我顺从地点头。

并没有太多的寒暄，姜炽天又一次推门而出。

我看到他拦下一辆出租车即将离去，那一刻，我忽然决定要悄悄地跟踪他。于是，我紧随其后也拦下了一辆出租车。

"师傅，跟着前面的那辆出租车，一定不要跟丢了。"我有些慌张地说。

"哟？你年纪轻轻的也干这事？是不是被男朋友背叛了？唉，最近这样的事情太多了，你可要镇定，可千万不能做傻事哟。"司机好心规劝我，我却觉得哭笑不得。

第八章 如果你知我苦衷

— 179 —

"师傅，你想多了，我就是想知道他要去哪里而已。"我连忙解释。

"小姑娘，听我一句劝，就算他是去找别人了，你也要稳住。有好多事都是犯法的，你千万不能做。"司机师傅并不死心，我只得头皮发麻地听他继续劝说。

"是，是，谢谢师傅。唉，你一定得跟紧了。"我一边敷衍着他，一边紧张地用目光追随着姜炽元乘坐的出租车。

"放心，大叔我可是专业跟踪二十年，你就安心地积攒好精力准备打硬仗。"师傅还在喋喋不休，我已无心应答。

出租车很快出了城，窗外的景色越来越荒凉，又行驶了半个多小时后之后，前面的出租车径自拐上了一条僻静的小路。

"喏，还跟不跟？前面是护城河，荒郊野外的，约个会还去那里？"司机回头看向我。

"跟跟跟，无论去哪里都跟。"

"好嘞。"师傅欢快地说道，出租车也拐上了那条小路。

路很窄，人很少，放眼望去尽是荒凉的景色。姜炽天乘坐的出租车在护城河边停下，姜炽天缓缓下车，我也跟着下了车。

"谢谢师傅。"我和司机告别。

"别做傻事啊，姑娘。"司机又一次叮嘱我。

能够把姜炽天约到这种荒郊野外的人，大概就是姜远航吧。即使他和姜炽天是同父异母的兄弟，但我总觉得他对姜炽天的态度很恶劣。他夺走了姜炽天的继承权，可是姜炽天迟早会卷土重来，所以，他很有可能会想到斩草除根。想到这里，我的心里陡然生出了几丝寒气。

我和姜炽天一前一后地走着，他忙着看向前方，并没有发现紧随其后的我，所以，我也自以为自己的计划十分巧妙。我在心里暗暗地敬佩自己的智商，直到李渊忽然出现在我面前。

"怎么，你也来了？"李渊猛地拽住了我，然后反手用匕首抵住了我的脖子。

"箐箐，你，你怎么来了？"姜炽天被惊动，转身惊讶地看着我。他的眼神里有痛惜，有不安，却全然没有对我的指责。

"你个呆瓜，人家跟踪你，你竟然都不知道，亏得帝豪集团没有交给你，不然，肯定是分分钟变成烂摊子。"李渊讽刺地说道。

"你有什么事情就冲我来！不要为难菁菁。她只是一个局外人，和我们的事情没有任何关系！你放开她！"姜炽天冷冷地看着李渊。

"放开她？呵呵，你说得轻巧，姜炽天，你之前怎么没有想到放过我？这些都是你欠我的，你早就应该还给我了。姜炽天，从小到大，我一直无怨无悔地跟着你。可是你呢？你都对我做了什么？你毁了我，我也要毁了你的人生！毁了你的前途！毁了你爱的人！我知道你喜欢她，可惜，你很快就要面对一个丑陋不堪的毁容女孩了。"李渊把匕首往我的喉咙处移了一下。

我觉得自己随时都有可能命丧黄泉。但奇怪的是，我并不觉得害怕，一点儿也不害怕。我唯一惦念的是姜炽天，我只希望他尽快离开这是非之地。

如果你知我苦衷

"姜炽天，你快走，不要管我，你快走啊！"我拼命地冲着姜炽天摆手，我希望他能够平安，这就是我最大的心愿。

"不，我不走，李渊，请你放过她。"姜炽天看向李渊，可李渊只是冷冷一笑。

"姜炽天，做任何事都是有代价的。你不要忘了你曾经对我做了什么，也许你忘了，可是我忘不了。让我放开她也可以，但是你要听从我的安排！"李渊狂妄地笑道。

"李渊，你就是一个伪君子。你一次次地欺骗我，一次次地利用我，你是浑蛋！"我咬牙切齿地对李渊说道，可他的笑声是那样有恃无恐。

"可惜你知道得太晚了，笨蛋，你真以为你喜欢的这个男人是干干净净的一个人，你真以为他是一个正人君子？呵呵，如果我卑鄙无耻，他肯定比我卑鄙无耻一千倍一万倍！而你又有什么资格来鄙视我？你不过是一个杀人犯的女儿，呵呵，又哪儿来的优越感？你的爸爸能够做出那样龌龊的事情，你又能高尚到哪里去？你不要忘了，你的身体里始终流淌着那个杀人犯的血。"

李渊的话字字锥心，我觉得自己的身体里有寒风呼啸而至，而我根本无力去抵抗这一切。

虽然我费尽心机地想要忘掉过去，虽然我努力地离开故乡来到这里，可是现在，我又一次和过去撞了个满怀，而且是当着姜炽天的面。因为羞愧，我几乎到了失语的地步。我只能暗自用力试图把眼泪逼回去。

当我只身来到清源学院的时候，我觉得那些过去都匍匐在来路，等待我的再次回首，所以，我只能倔强地往前走，一直走，直到再也看不见它。可是现在，它们全都出现了，就是这样彻彻底底地出现了。我觉得自己快要被李渊的话语击垮在地了，我只能低低地抽泣着。我想要抱怨这个世界的不公，我想要抱怨宿命的恶意安排，可是，我什么都没做，只剩眼泪跟我做伴。

“李渊！我不允许你这样说箐箐！”姜炽天咆哮道，他的声音因为愤怒而微微变调。

也许，人只有在身处危境的时候，才会那么强烈地想要依靠。可是现在，除了姜炽天，我竟然没有想要依靠或者说是想要相信的人。曾经李渊是我的救星，他扑灭我头发上的火焰，他把我从姜炽天的强势中解救，他甚至还带着我为了姜炽天而冲锋陷阵。可是现在呢，那一切都不过是一场骗局，我只是他复仇计划里的一个棋子，仅此而已。

“姜炽天，你不允许的事情多了，可是，我都做了，怎么着？你还想像从前那样把我丢到少年劳教所？你倒是想，可惜你没那么大的本事了。姜老爷子已经不在了，你的保护伞已经没了。所以，你姜炽天现在和我一样了。不，我的出身比你光彩，我的行为也比你光彩。我不像你当面一副出生入死的好兄弟模样，背后竟然使刀子。”

李渊的话让我骇然，也让姜炽天骇然，他当场愣在原地。

03 假面李渊

　　"你，你到底是谁？我根本不认识你，你疯了吗？"姜炽天脸色大变，仿佛是他的某种过去或者说是伤口被触及了。

　　"这么快就不认识我了？也是，换了一层皮，别说是你，我都不认识自己了，可是，我现在必须让你记得我，因为我曾经遭受的痛苦都是拜你所赐，我怎能容忍自己放过你？"李渊略带嘲讽地看着姜炽天。

　　我和姜炽天再一次惊讶不已。

　　虽然李渊是韩国转校生，我也曾揣度过他是否整过容，可是现在，当真相"哗啦"一下抖开丢在我面前的时候，我竟然觉得有些害怕。

　　难道他真的是整过容的？那么，他原本是谁呢？他为什么又非要将姜炽天置之死地？我越想越怕，却想不出个头绪。

　　"你姜少爷随随便便就能丢掉过去，轻而易举地就能逃避所有的嫌疑。在你的世界里，我只是一个喽啰一个跟班，你从没把我当成好朋友。所以，你把我丢进少年管教所，我最好的青春竟然是在那里度过的。你知道我在少年劳教所都经历了什么吗？那些恐惧是你根本无法想象的。在那些夜晚，你有没有忏悔过？有没有觉得内心充满愧疚？不，你不会的。你忙着花天酒地，忙着过你上层人的日子，你怎么会在意我的死活呢！我的脸被人毁掉也都是拜你所赐！不过也好，这样我才能以崭新的模样出现在你的面前。"李渊越说越激动。

"你是何必？"姜炽天试探地问。

"是！是我！这个名字，你大概已经忘记了吧。你过得那么开心，怎么会想到我呢？对不对？好兄弟啊！"李渊的讽刺越来越明显，越来越尖锐，姜炽天几乎招架不住。

尘封许久的往事再度扑面而来，姜炽天愣在原地。夜风吹过他的头发，他的脸庞显得生冷而寂寞。

我们都在全心全意地逃避过去，直到最后逃无可逃。

"那天的事情并不是我所想的那样，我真的是毫不知情的，所有的一切都是受旁人指使。那天晚上，如果不是有人救我，我肯定会比你还要惨。我的身上中了几刀，差一点儿就没命。我只是自顾不暇，所以没来得及找到你。等我出院的时候，你已经被送到少年管教所了。我求过他们救救你，可是，没人听得进去我的话。我试图去找你的家人，可惜他们在事后就搬了家。我并不是没有任何动作的，请你理解。"姜炽天试着为自己的行为解释，他看向我，眼神充满哀伤。

我知道，他并非刻意想要向李渊低声下气，他只是为了我。他担心我会受到伤害，所以试图缓和他们之间的紧张气氛。

"是吗？那我出来之后的那些日子，你为什么不找我？"李渊显然没被姜炽天的话语感化，他冷冷地看着姜炽天，眼神里有愤怒有火焰，还有来自地狱里的无边阴暗。

"我找了！可是我真的没找到！所有人都告诉我你去了别的地

方，所以我只能沉默地在原地等你回来。我想，一旦你回来，你肯定会来找我的，可是你没有。我根本不知道你到底在怨恨什么，你为什么要这样做？"姜炽天真挚地说道。

"呵呵，我现在回来了，用陌生的脸和你当面对质！这样的结局，你想到了吗？我的姜少爷！你知道吗，在我的心里，你们姜家人都不是什么好东西，特别是你和姜远航，一个用兄弟之情把我欺骗，一个用金钱利益把我欺骗。果真是不是一家人不进一家门，你们都这么有手段，姜老爷子如果九泉之下有知，一定会开心不已的。这就是青出于蓝而胜于蓝，真是家门有幸啊！

"想当年，我把你当成自己的亲兄弟，我从未嫌弃过你的私生子身份，也从未对你有过丝毫的不周。我鞍前马后地帮着你，我甚至甘愿为你两肋插刀。

"可是，当大难临头的时候，你背叛了我，也抛弃了我。我被丢进冰冷的管教所，你依旧还是过着大少爷的奢华生活。这样的差别，你让我怎么能坦然接受？凭什么一样的错，你可以置身事外，而我就必须完全承担后果？难道只是因为我没有一个有钱有势的爹？或者说我没有一个风尘放荡的娘？"

李渊把面具全数撕毁，我看着姜炽天痛苦的眼神，他是那么痛苦，又是那样无能为力。这一切，都绝非是他所想所愿，可是，一切都发生着，根本不容许有任何犹豫、妥协。

"何必，这一切都和菁菁无关，请你放她走，有什么事都冲着我来。好不好？你不要这样，我们把所有的事情都摊开说，不要再伤害无辜。"

姜炽天试图向前走几步，可是李渊带着我缓缓向后退。

"你再过来，我就只能把她推到悬崖下了！"李渊威胁着姜炽天。

"姜炽天，你不用管我！我没有父亲也没有母亲，我现在只有你，你要好好的，我就安心了。"我知道自己必定要遭受这场劫难，在劫难逃大概就是这样的感觉。

我不能去逃避，因为还有姜炽天。如果所有的罪都必须有一个人来承受，我希望那个人是我，而绝不能是姜炽天。他已经承受了太多的痛苦，我真的不忍心再让他受到丝毫伤害。

一路走来，他经受得太多太多，那些痛苦只有感同身受的人才能懂。

至少，我懂。

我懂得一个人是怎样从欢喜雀跃变得缄默沉寂，我知道一个人是怎么从阳光明媚变得潮湿隐晦，我太理解这样的感觉。因为我曾经就是那样的人。

在父母离去的那段时间，我的身体里有暗流涌动，我一次次地质疑这人生，我一次次地想要抛弃那暗无天日的日子。可是最后，我还是选择了让自己平和寂静地生活下去。远离仇恨，远离黑暗，远离所有让灵魂为之扭曲的一切。所以，我能够得到解脱，而现在，我更希望姜炽天同样也能得到这种畅快淋漓的解脱。

"不！我不能离开你！"

第八章 如果你知我苦衷

"不。你快走吧。"

"我不会走的。"

04 危急时刻

"姜炽天，你不用管我。你离开这里，去开始你崭新的生活。你不该属于这里，你的人生不能被这个疯子控制住。你走吧，这是我对你最后的请求。"我缓缓地闭上眼睛，任由泪水打湿我的脸庞。

"我不会走的！如果要死，那我们就一起死。你如果不在了，我活着又有什么用呢？一切都会变好的。只要我们再坚持下再努力下，我们就能够远离这所有的痛苦。

"你知道的，我不会走的。所以，请你坚定地等着我，如果非要让你受到伤害，我宁可先受伤害的人是我，而不是你。至少，我不必看着你痛苦的样子，那样的话，我会痛苦一万倍。

"箐箐，原谅我曾经误解你，我知道你不是那样的女孩，所以，我才会这样为你痴迷。谢谢你的到来，让我变成现在的模样，我很喜欢这样的自己，我更喜欢这样的你。"

姜炽天的声音并不大，可字字句句都让人心碎。

这个男孩曾经是那么桀骜不驯，可是现在，他竟也有说着这种柔情蜜语的时候。

"好一对缠绵的小恋人，都大难临头了还要这样。呵呵，真是可惜。既然这样，那我就只能勉为其难地送你们一起上路了，你们觉得怎样？可惜了你姜公子原本还有数不清的荣华富贵啊，现在都没了，啧啧。这算是善恶到头终有报吧！"李渊冷漠地说，言语里有说不清的尖锐与刻薄。

"我不是你！我根本不在乎那些家产。给我或者不给我，我都不觉得有什么。我唯一在乎的是箐箐，没了她，我的人生就没了意义。所以，你可以对付我，但是请你一定要放过箐箐。"姜炽天的语气几乎柔软到了极致，他低着头，像是一个做错了事的小孩。

"你想得美！我一定要让你们一起死！不然的话，你们黄泉路上怎么做伴呢？"李渊恶狠狠地说。

我随即闭上了眼睛，死亡即将到来，一切又有什么可怕的？

"李渊，你看看这里，你真的觉得自己能够从这里大摇大摆地出去吗？你就不担心这里也会是你的葬身之所吗？"姜炽天开口逼问李渊。

"呵，我觉得这里挺好的，至少比劳教所好太多了。你是没去过劳教所，你根本不知道那里多么阴暗潮湿，多么可怕。但是现在，我解脱了，轮到你们了。"李渊傲慢地环顾四周，从余光中，我看到姜炽天飞奔而来。

说时迟，那时快，姜炽天在瞬间从李渊手中夺过匕首，可是李渊紧紧攥住匕首的把柄，姜炽天根本无力掌握全局。唯一庆幸的是，在姜炽天扑过来的时候，李渊出于本能去自卫，而我就被他放开了。我腿脚不稳地试图走开，却发现自己的心根本不肯离去。

第八章 如果你知我苦衷

　　姜炽天还在这里，我怎么舍得离开呢？为了我，他身陷险境，我又怎能置他于不顾呢？

　　姜炽天和李渊的身材差不多，两人的决斗看上去像是旗鼓相当的较量。先是姜炽天把李渊紧紧地压在身下，他试图去制服李渊，可是李渊手里有匕首，他抓着匕首试图刺向姜炽天，姜炽天只得猛地跳开，而李渊逃出了控制。

　　"姜炽天，你小子今天死定了。放心，我一定会给你挖一个好点儿的墓穴，保证让你舒舒服服地下葬。"李渊用言语挑衅着姜炽天。

　　姜炽天看向我，他的眼神里有怜悯有疼爱，更多的是决绝。

　　"箐箐，你快走！这里危险！"姜炽天大叫。

　　"不，我不能走！我不能走！"我哭喊着，声音在苍茫的天空下显得空荡而凄楚。

　　这里是人迹罕至的荒郊野外，根本不可能有人前来。而我的双脚已经麻木，根本无法给予姜炽天必要的帮助。

　　我坐在荒草上泪流不止，我第一次这样痛恨自己的无能，也是第一次这样的伤心。这种伤心在爸妈离世的时候，我依旧未曾有过。可是现在，我几乎心碎。

　　"姜炽天，你要好好的。"我坐在悬崖边，泪眼婆娑地看着姜炽天。

　　我不知道接下来他们谁胜谁负，可是我的心里只希望自己能够尽早离开这样惨烈的场面。我根本不忍心看到姜炽天受到一点儿点伤害，可是，我无能为力。

李渊的匕首不偏不倚地向姜炽天的身上狠狠地刺去，姜炽天根本躲闪不及。

就在一切将要尘埃落定的时候，方敏茹的身影飞奔而至，她用自己的柔软身躯直直地挡在姜炽天的前面。匕首穿过身体，留下一地殷红。

姜炽天还没来得及拉住她，方敏茹的身体已经重重地向我砸过来。

只是一个瞬间而已，在姜炽天和李渊都呆若木鸡的时候，我和方敏茹一前一后地跌下悬崖。

身体下坠的时候，我的意识依旧清晰。我想：这大概就是一种飞翔吧。我觉得自己的身体像羽毛般轻盈，悬在空中，随风飘荡，不知方向，也不知未来。一切都是轻飘飘的状态，我竟有些贪恋这样的感觉。

我睁眼看向同样正在下坠的方敏茹，她显然要比我痛苦，也要比我更勇敢。她可以飞身为姜炽天挡刀子，这样的大无畏，竟让我觉得她是难得的烈女。

她爱姜炽天，如此激烈而凶猛，这样的爱可以把任何一个人湮没，包括姜炽天。

而我又能给予姜炽天什么呢？在她面前，我是如此微不足道。

我为我的爱而自卑，我对她的爱钦佩不已。

如果你爱一个人，你是否愿意为他去死？

也许会。

第八章

如果你知我苦衷

也许不会。

可是，方敏茹会。

她是爱情里的勇士，披荆斩棘，无所畏惧。

她是姜炽天身边的守护神，无处不在，无微不至。

他们是多么天造地设的一对啊，我生平第一次感觉到了自己的多

余。

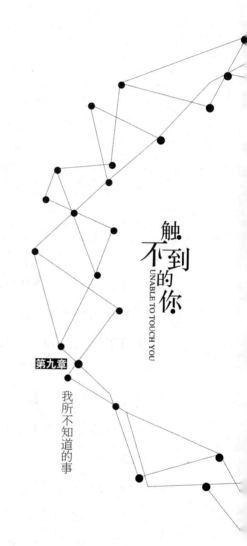

触不到的你
UNABLE TO TOUCH YOU

第九章

我所不知道的事

触不到的你
UNABLE TO TOUCH YOU

01　救援

　　我是姜炽天，我曾经是帝豪集团的二公子，无数人愿意为我鞍前马后效劳。只是后来，在我变成一无所有的前姜家二公子之后，他们都离开了我，除了菁菁。她是我生命里唯一的光，也是唯一在乎的人。

　　如今我依然清楚地记得，第一次见到顾菁菁时，她是那样的瘦弱，却有着不知从哪来的勇气，敢在众目睽睽之下，将餐盘扣在我的白衬衣上。

　　我想我当时应该是要发怒的，可是，事实上我竟然一点儿都不生气。我在她清澈的目光里看到了自己的笑容。那一刻，我告诉自己，我并不打算再放走这个执拗的女孩子了。

　　不会有人知道，我用自己笨拙可笑的方式欺负她、缠着她，只是为了能享受和她在一起的每一分钟，更不会有人知道，她在我心里究竟有多重要。

此刻，漆黑的夜晚，幽暗的悬崖，我不知道悬崖之下会是怎样的光景。

我怕她们已经支离破碎，我更怕我会失去她们。

我怀揣着复杂的感情匆忙报了警，而李渊趁机落荒而逃。我看着他飞快逃跑的背影，心里只觉得好愤恨。可是，我已经没有力气去和他纠缠了。

当警车呼啸而至的时候，我试图沿着她们落下的地方去寻找她们的踪迹。我不知道这样的行为算不算是刻舟求剑，可是我还能怎么办呢？

警察制止我的行为，他们告诉我：下面太危险，你不具备救助能力，不如留在原地等待她们被救援。

我不是一个懦夫，所以，最终我还是跟随大部队，浩浩荡荡地到了悬崖底部。森绿的谷底，荒草漫步，到处都是阴森森的恐怖景象。

夜是这样的黑，所以，我一遍遍地哀求救援人员一定要救救她们。从小到大，我第一次感受到那么强烈的无助与恐慌。

时间一分一秒地过去，我的心饱受煎熬，直到一声叫喊击破这凄冷的夜。有人在悬崖的荒草丛里发现了菁菁，还有方敏茹。她们满身血迹，昏迷不醒，无论我怎样喊她们的名字，她们都只是安静地躺在地上，根本不能给我任何回应。

"快抬到救护车上，不要耽误！"120及时赶到，医生迅速对她们的伤口进行了处理。

医院里，医生表情凝重地问我："你和方敏茹是什么关系？"

"朋友。"我说。

"哦，既然如此，我就和你说吧，方敏茹的情况比较糟糕，她的身体经过重摔，子宫受到很大的损害，也就是说，她这一辈子都无法再做妈妈了。"医生的话就像是当头一棒，让我站立不稳，我觉得我自己快要摔倒在地上了。

怎么会是这样的结局？我万万不能想到。

"她是你女朋友？"医生问我。

"她是我朋友，很好很好的朋友。"我的声音已经变调。

对于一个女孩来说，最幸福的事情大概就是结婚生子，可是因为我，方敏茹竟然要被剥夺生子的权利。我觉得自己是个浑蛋，是个罪人。

"现在医学技术那么发达，能不能进行治疗呢？"我不死心。

"抱歉，能力有限。"医生如实相告。

躺在病床上的那个女孩，她一心一意地爱我。在危险关头，她飞身而出为我挡住尖锐的匕首，可是现在，她的身体已经变得破碎，再也无法像旁人那样安然自得地生活了。

从我们认识的那天起，方敏茹就一次次地对我说："姜炽天，我喜欢你，我会一直喜欢你。"

我只是笑，不置可否地笑。年少的爱慕能够持续多久呢？不过是像夏花一样短暂而灿烂，又有什么益处呢？

当生活中出现一些挫折的时候，一切都会物是人非的。所以，年轻人的爱情不值得相信。

可是，我错了。

我低估了方敏茹对我的喜欢，我也低估了她的坚持。

这些年来，无论我遭遇怎样的困境，她从来都是不弃不离，始终陪在我身边。即便我嫌弃她、厌恶她，甚至逼迫她远离我，可她从来都不肯离开。

无论我是显赫一时的姜家二公子，还是一个臭名昭著的私生子，她对我的情意从未有过丝毫更改，就像是一棵深植大地的老树，无论是怎样的境遇，都无法更改它的坚守，始终锲而不舍。

如果说我没有感动，那我一定是在骗人。

可是，我却喜欢上了顾箐箐。我知道这对方敏茹不公平，我也知道我的自私行为终究会得到别人的唾弃。可是，我欺瞒不了我的心。

如果没有那天晚上的事情，如果李渊没有凶神恶煞地想要杀死我，也许，一切都将是另外一种模样。至少，我还能够随心所欲地选择我的爱人，我还能够潇洒自如地在这个世界上生活着。

可是，没有如果。

我觉得自己就像是一个戴着脚镣跳舞的人，我对方敏茹的愧疚就是那沉重坚硬的脚镣，我根本摆脱不掉。

手术第二天，方敏茹终于醒来。在那间白色刺眼的病房里，她像是一个木偶一样睁大呆滞的双眼。我看着她，痛惜、难过填满我的心脏，让我无法呼吸。

"嗨。你在，真好。"她仰着脸看着我，笑容纯真干净。

"对不起，是我连累了你。"我握着她的手，泪光婆娑地说。

第九章
我所不知道的事

197

"不用这样想，为了你，我连死都不怕，更何况，我现在又活过来了。"方敏茹往日的太妹气质已经尽数消退，此时的她只是一个虚弱而苍白的病人。

我用手轻轻地抚摸着她的脸庞，心里七上八下，十分难过。

"对不起。"我低着头喃喃地说。

方敏茹醒来之后，我请求医生帮助我隐瞒她的病情，可是聪慧如她，竟从护士那里打探到了她的情况，因此，当我拎着水果推开病房门的时候，我看到她正躲在被子里低低地哭泣。

"敏茹，你怎么了？不舒服吗？"我慌忙询问。

"不，我都知道了，我做不了妈妈了，我没法和你生下孩子了。请你离开我吧，去找一个健康的女孩，不要再来看我了，我怕我会舍不得离开你。"方敏茹用尽全力哭喊着，每一句话都像是扎在我的心里，我看着她哭泣的样子，心如刀割。

"不，我不会离开你，我会对你负责。"我攥着方敏茹的手郑重地说着，然而，在那个瞬间，我的眼前竟然出现了顾箐箐的面容。我看着她泪流满面的样子，却只是摇头看着我。

在安抚好方敏茹之后，我迅速地赶到了顾箐箐的病房。

从事发到现在，我必须承认我在躲着菁菁，在为她付了医药费之后，我只能尽可能地少去探访她。每一次，我都是透过玻璃门悄悄地看上一眼。

因为方敏茹，我已经心乱如麻。我根本不知道该怎样处理这样纠纷错杂的关系。

也许，在那么沉重的亏欠面前，有些珍贵的东西也是可以舍弃的，至少可以把伤害最小化。我不知道在我这个年纪，我该做出怎样的坚持与决定。

我原以为所谓的青春会是欢快热情的，可是我没想到，青春再美，伤痛与艰难却还是会如影随形。这完全超出我的意料。

这一次，我只想好好地和箐箐谈一谈。

能谈什么呢？

我不知道。

难道要告诉箐箐：方敏茹比你更需要我，所以我得陪着她？

不，我说不出口。

我面对的是我最喜欢的女孩，我怎能说出这样的话呢？我做不到。可是，我同样也做不到去辜负方敏茹，她为我牺牲太多太多，我必须用一生来偿还对她的亏欠。

当我终于鼓起勇气走进箐箐的病房，我看到了满脸担忧的于陆。

虽然我并不待见这个小子，可是我也深知他是真心喜欢箐箐的。不然，他又怎么会连夜赶到医院陪伴菁菁呢？

至于箐箐对她的感情，我觉得即清楚又模糊。为了于陆，箐箐可以向我下跪；为了于陆，箐箐可以毫不犹豫地答应我的无理要求。

如果，她不喜欢他，她又怎么会愿意为他做那么多呢？

我想不通，也想不明白。

也许这个世界，真的有许多我不知道的事。

02 顾箐箐，你不可以就这样离开

"你来了。"看着我进来，于陆略显惶恐。

"嗯。"我点了点头。

此时的箐箐依旧缠着纱布，我看不见她的眼睛，却还是能够清晰地感受到她的慌乱。她挣扎着想要抓住什么，最后却还是沮丧地放下了手。

"你来了，方敏茹怎样了？"箐箐的声音很轻很柔，看似风平浪静，其实有许多情感一直都被她努力地克制。

"她很好，你还好吗？"一时间，我觉得我和她竟像是失散多年的故人，彼此之间的问候竟然像是隔着千座山、万条水一样。

"我很好，有于陆照顾着，都挺好。"箐箐的话在我的心里不断地拉扯着，我觉得自己的心快要从胸腔里跳了出来。

"对不起。"我低语。

"不，好好照顾方敏茹，她为了你牺牲太多，你要珍惜她。"箐箐依旧平静地说着，可是她的双手却紧紧地抓着白色被单。一转头，我已经泪流满面。

李渊到底没能逃出去。

事发第三天，警察在城北的宾馆里找到了惊慌失措的他。他没能逃过良心的拷问，所以，他拼命地向警察打探顾菁菁的消息，当得知顾菁菁的现状，他一言不发地低着头。

最后，他对警察说："如果我能出去的话，我一定会向她当面道歉，可惜，我做不到了。所以，我恳求你们能够给我一个向她说对不起的机会，哪怕是让我给她写一张卡片也好。"

在李渊的软磨硬泡下，狱警终于同意让他写了一张卡片给菁菁。

在卡片上，李渊字迹清晰地写道："从最开始的时候，我就走错了路。我一心想要报复姜炽天，可惜我不知道这样的仇恨会伤到无辜。如今，我伤害了你，也许，我也伤害了姜炽天。可我并不觉得快乐。对不起。箐箐，我没能做个好人，对不起。"

李渊写给顾菁菁的信辗转到了我的手里，我看着李渊的卡片，一点儿都不觉得感动。

最开始的时候，是他不顾一切地想要引起这些纠纷，可是现在，因他而起的痛苦那么多，他能够轻而易举地置身事外，甚至还能够说出道歉这样的虚伪话。

他能够从这些纠纷中抽身而出，可是我该怎么办？我们又该怎么办？

我多想告诉李渊：因为你的仇恨，方敏茹这一生都失去了做母亲的权利。现在，不仅是顾箐箐无法原谅你，方敏茹也同样无法原谅你。

可是，我依旧什么都没做。我缓缓地看完卡片，然后把它交给了于陆："等箐箐好了，麻烦把这张卡片交给她，谢谢。"

于陆点头，我转身离开。

我是那么想要见到箐箐，可是我又是那么害怕见到她。我怕我给不了她想要的未来，我却又在时刻思念着她。并非是我不够勇敢，只是我背负着太多的亏欠。我做不到随心所欲，只能步步惊心地过下去。我不能允许自己再像从前那样随性而为，所以，我的还不够强大的肩膀注定要扛下更多的东西。

顾箐箐的病情并不算严重，医生说她是短暂性失明，不出几天就能痊愈。所以，我对她的担忧并不太多。

在那个大家都在拼命忙碌的时候，我根本没有心思去思虑太多的事情，我只是表情呆滞地照顾着方敏茹。毕竟，她比箐箐更需要我。

我不知道是不是我的错觉，我总觉得箐箐也在躲着我。每次我去探望她的时候，她总是不情不愿，一脸无奈，仿佛我的到来让她感到极其不愉快。

但是当她转眼看向于陆的时候，她的语气却又是那么温顺柔软，就像是一个正在热恋中的懵懂女孩。

我想，她大概是真的喜欢上于陆了。

日久生情，大概就是这样吧。

可是，为什么我还是不能全心全意地喜欢上方敏茹呢？为什么我还在期待着自己和箐箐的未来呢？难道真的是我太固执吗？还是她真的太薄情了？

不，我不相信。

那天在悬崖边，她被李渊挟持，可她没有丝毫怯懦和恐慌。她一心只想让我平安无恙，却全然不顾自己深陷危机。这样的她怎么能是说变就变的？

也许，是我不了解女生吧。

那天，我在病房里专心致志地照顾着方敏茹，正好她的朋友们来探访，刚推开门一眼便看到我正半蹲着为方敏茹擦脸。

女孩子们咯咯地笑，我尴尬不已。

方敏茹挥挥手对我说："姜炽天，辛苦了，你先出去吧。女生聊天，你们男生会觉得不舒服的。"她的语气亲昵而温暖，仿佛我们已经是恋爱多年的情侣。

"嗯，我出去了，有什么事记得叫我。"我转身离开，却听到背后有人小声地叫"姐夫"。

我装作没有听见，大步走了出去。

阳光很好，窗外的花草生长得十分茂密，我仰脸看着蓝天，那是一种蓝到让人惊奇的程度。后来，我才知道那叫"普蓝"。

我不知道自己在窗边站了多久，直到双腿渐渐地麻木，我才想起手机遗落在病房里。于是，我又背对着阳光向病房走去。

女孩子的声音尖锐而又喧闹，还没走到病房，我就听到门里一片声音响亮。

"对了，敏茹姐，那个顾箐箐也挺惨的，双目失明，搞不好是永久性的。"

"是啊，我也听说了，据说，她都已经从学校休学了，估计这下是真完了。"

"不过，这也是好事，看现在姜炽天对敏茹姐这么好，那个小丫头片子死不死活不活，管我们什么事？"

"是啊，当初要不是她，敏茹姐早就拿下姜炽天了。"

一阵欢笑之后，我听到了方敏茹的声音："我好像听姜炽天说顾箐箐只是暂时性失明。"

"才不是呢，于陆去学校和教导主任请假的时候，我在场，他拿着顾菁菁的病历单，我亲眼看到上面写着永久性失明。"

"没错，没错，当时教导主任还一阵唏嘘呢，说'这么年轻的姑娘，可惜了'。"一个女孩紧接着说道。

我从来没有打算偷听什么，可是这样的消息还是传进了我的耳朵里。

箐箐竟然是永久性失明？可为什么我从医生那里打探到的消息却是暂时性失明？到底谁在撒谎？我一时竟完全没了头绪。

空旷的医院走廊上，我飞快地跑向箐箐的病房。可是当我推门而入的时候，看到的却是空无一人的病床。

箐箐不见了，于陆也不见了。

慌乱中，我拦住一个经过的护士："910的顾箐箐哪里去了？"

"她……她……她病情恶化，早晨就转院离开了。"护士结结巴巴地说道。

"去哪里了？"我问她。

"我不知道，这是病人的自由，我们无权干涉的。"

我一把甩开护士的手臂，强行闯入了医生办公室。

医生看见我，脸上飞快地闪过惊慌之色。我一把拽着他的领子把他摁在墙上："你是不是对我撒谎了？顾箐箐的病情到底是怎样的？你快告诉我！"

"你冷静，冷静。"医生慌忙说道。

"冷静，你叫我怎么冷静？"我一拳重重地砸在墙上，手上立马鲜血涌流。

医生从柜子里拿出纱布为我包裹伤口，然后淡然地说道："年轻人，我大概猜出了你们到底是怎么个情况。是的，顾菁菁反复拜托我不要把她的真实病情告诉你，所以我只能告诉你她是暂时性失明。这并不是我诚心想要骗你，而是我必须尊重病人的意愿，保证她的隐私不外泄，希望你理解。顾菁菁确实是永久性失明，能够康复的概率很小，几乎可以忽略不计。可是我没想到，她今天竟然办理了出院手续。"

医生说完，又意味深长地看了我一眼说："我觉得那个一直照顾她的男孩子很不错，至少，他一直陪在她身边，你觉得呢？"

"可是，她不喜欢他，她一点儿也不喜欢他。"我大叫。

"至少他能陪着她，一直陪着她。"医生冷冷地说完之后，他拿着病历单转身离开了。

在散发着浓郁药味的办公室里，我一个人呆若木鸡。我觉得自己就是一个彻头彻尾的失败者，我误解了菁菁对我的心意，我根本没有理解她的隐忍。呵呵，我是那样蠢，蠢到让我恨不得杀死自己。

我终于还是失去了顾菁菁。

第九章

我所不知道的事

忽然间，我觉得自己无处可去，也没有谁可以和我亲近了。于是，我又失魂落魄地回到方敏茹的病房，那些女孩已经散去。

"怎么了？你的脸色不太好。"方敏茹温柔地看着我。

"我没事，对不起，敏茹，我害了你，我也害了箐箐。"在方敏茹的面前，我觉得自己像个孩子一样无助而绝望。

"你不要这样想，一切都会好起来，我不会怪你，箐箐也不会怪你的。"方敏茹轻轻地抚摸着我的额头，她的手很柔软也很温暖，可是，寒冷从身体里流窜而出，我还是觉得难以克制的冷。是的，我很冷。我的心简直被冻成了冰，我根本没办法让自己温暖起来。

在苍白刺眼的病房里，我和方敏茹相对而坐。

方敏茹望着我："你还是忘不了她，对不对？"

我苦笑："忘不了又怎么样？全世界都知道我配不上她，她离开了，远远地离开了。她去了我不知道的地方，斩断了我和她之间的所有联系，我还能怎么办？"

"如果你真的忘不了，就去找她吧。"

话音未落，我看到方敏茹的眼角有清泪滚滚而下。

我摇摇头："我不能把你丢在这里。而且，我可能找不到她了。她搬了家，辞了工作，音讯全无，我能到哪儿去找她？算了，你想吃点儿什么，我去给你买。"半晌之后，我强颜欢笑地对方敏茹说道。

"什么都好，只要是你买的，我都喜欢。"方敏茹冲我甜甜地笑，我却又一次想到了箐箐。

顾箐箐，现在她还在这座城市里吗？或者，已经去了远方？偌大的人海里，她那么瘦弱，那么单薄，她还会像从前那样甜甜地笑吗？她还会像从前那样天真善良吗？这个多彩的世界，她都无法再观赏到，她的眼前只剩下无边无际的黑夜，那是一望无际的、再无转机的黑色。

我无法想象她得知这个消息的表情，就像我根本无从感触她的痛。她把所有的伤痕都掩饰好，只留给我一张灿烂无边的面容。我觉得她是快乐的，但是，我错了。

更无柳絮因风起，唯有葵花向日倾。这是箐箐曾经最喜欢的诗句。当我再次想起的时候，我忽然就理解了它的真实含义。

那是一种顽强的生命力，就像是悬崖边的草木，虽然生长在贫瘠的土地里，却依然不顾一切地生长旺盛。这是对生命的敬畏，更是对生命最真实的坚持。

我们都是这个繁华世界的孤儿，万家灯火明亮耀眼，可我们只能蜷缩在角落里默默地存在。就算有一天，我们默默离去，可是这座城市不会受到丝毫影响。城市就是这样薄情寡义，也是这样坚不可摧。我们都是路人而已。

如今，箐箐离开了。

也许，我也会离开。

城市不会记住那些故事，可是在我们的心里，好多人、好多事都会留下永不泯灭的印记。岁月无法磨灭它的存在，直到我们死去，我们永远是背负伤痛的人。

箐箐的电话，我再也没有打通过，我再也没能联系到她，就连于

第九章

我所不知道的事

— 207 —

陆也随之消失不见。

有人说他们殉情了，还有人说他们隐姓埋名去了某个江南小镇。

我所生活的城市每天都有许多的新鲜事，很快，人们都已淡忘悬崖边发生的那件惨案。可我忘不了，方敏茹也忘不了。

有好几个夜晚，我呆坐在方敏茹的病床前。

月光像薄纱般投在房间里，清清凉凉。我听见方敏茹低低抽泣的声音，像是一个小人正拼尽全力地击打着我的身躯。

"敏茹，你怎么了？"我问她。

"我只是有些害怕，我害怕你会离开我，我害怕。"

"不，我不会的。"我轻轻地说。

"你一定不能骗我，不然，我一定活不下去的。"方敏茹的声音并不大，可是我觉得这样的话语很有威慑力。可能是我做贼心虚，可能是我真的太敏感了。

住院以来，方敏茹的情绪时好时坏，完全让人摸不清头绪。

有时，她欢天喜地，开心得像个孩子。可是一眨眼的时间，她又开始哭闹不止，甚至有寻死觅活的倾向。

医生告诉我：这样的情绪反常是药物治疗所带来的副作用，如果能够帮助她保持好心情的话，病情会恢复得很快。可是一旦经受刺激，就有可能得抑郁症，因此，我只能竭尽所能地顺从她，这是我必须为她做的事。

她为了我遭受这样的痛苦，我又怎能狠心违背她的意思？哪怕是要让我自己受尽委屈，我也只能坦然接受。

03 我的心是一座空城

方敏茹的病情得到控制之后，医生建议她出院。

方敏茹住在清源学院附近的公寓里，她请求我陪着她一起住。

我答应了。

公寓很大，三室一厅的房子，我和方敏茹一人占据一个房间。两个房间相对，我和方敏茹每天都在一起。

有一天，在我们低头吃晚饭的时候，方敏茹忽然说："姜炽天，你有没有觉得我们像是同居男女？"

餐桌上的花瓶里斜斜地插着几朵百合花，这是箐箐最喜欢的花。现在，它已经成了我的最爱。

在百合花的香味里，我觉得这样的场面有些滑稽。如果方敏茹能够看到我的心里，她一定会看到顾箐箐的名字无处不在。

我只是笑。

"我们这样是不是很像夫妻？"方敏茹继续追问。

"不像，因为我们不是夫妻。"我说。

"姜炽天，等我们毕业之后，你娶我，好不好？我是真的喜欢你，我们结婚吧，好吗？"

方敏茹的话让我当场愣住，我从未想到她会这样直接。而且，我一直以为结婚是很久以后的事，至少也要在很多年以后。

"敏茹，我们还太年轻，以后的路还很长，不要这么急着对自己的未来做决定，好吗？"我看着方敏茹，她漂亮的脸庞上全是泪水。

"你是不是嫌弃我？所以你才不要我。"方敏茹哭喊着。

"敏茹，我希望你冷静一点儿。我知道我自己亏欠你太多，可是，你有没有想过你的种种不理智行为不仅会伤害到自己，有时甚至会误伤他人。时间都过去那么久了，可是有些话，我却始终憋在心里不能说。如果那天，你能够稍微理智点儿，即便我会受伤，但是至少你和箐箐会安然无恙。我宁可受伤的是我，哪怕是让我去死，我也愿意。只要你和箐箐都能好好地活着。"一直以来，有许多话语堆积在心里，我的声音有些颤抖。

"你，你在怪我？你怎么可以怪我？"

"我不是怪你，我是怪我自己。敏茹，请你平静下来，好吗？"我用哀求的眼神看着方敏茹，可她却只是不住地摇头。

"不，你就是怪我，你就是嫌弃我。"方敏茹把碗碟重重地摔在地上，一地碎片在灯光的照射下散发着幽幽的光。

"如果你是箐箐，哪怕你再多点儿残缺，我也愿意，可惜你不是。我已经很努力地让自己喜欢上你，可是我做不到，我真的做不到。对不起，方敏茹。"说完这些话，我如释重负地走出房门。

直到走到街上，我才意识到天空下起了小雨，淅淅沥沥，像极了眼泪。整座城市都已浸泡在这雨水之中，而我的身体和心灵同样如此。

这一次，我是如此真切尖锐地伤害了方敏茹。有些真相也许不说出来才是智慧，可惜我总是那样愚蠢。所以，我伤害了方敏茹，也伤害了我自己。

我觉得我和方敏茹都是同一类人，都是那么固执，那么倔强。可是，我一直想要回到过去，她却一直想要迅速到达未来。

我想不清楚，只能漫无目的地行走在这冷清的雨夜。

雨继续下，路灯渐次亮起。

城市里的彩色夜灯随处可见，可是我却感觉不到温暖。我不知道箐箐现在人在哪里，我也不知道她过得是否开心。至少我知道，我是那么不快乐。我好想她。

也许，她也和我一样，内心充满无法言说的伤感和幽怨。

毕竟，这个世界从来都没有善待过我们，我们只能硬着头皮往前冲。

方敏茹找到我的时候，我正坐在酒吧的门前买醉。她撑着雨伞走近我，她垂着头，递给我一把伞："回去吧，我们好好谈一谈。"

我没有拒绝她，我们一前一后地走回去。她撑着伞，我也撑着伞。我们各怀心事，各自沉默。

雨越来越大，积水越来越多。我们像是两座各自孤立的岛屿，试图想要接近彼此，却依旧无法完全靠近。

这便是宿命。

我有我的心魔，她有她的执着。

我们都是这样寂寞。

走到城市中最繁华的角落，人潮涌动，人来人往。我隔着雨帘试

第九章 我所不知道的事

图偷窥他们的人生。我想要知道这些行色匆匆的人有着怎样的生活，怎样的故事，他们会不会也有求而不得的人，也有想要实现却始终没有如愿的梦？

这个世界本身就是破碎的，谁如果在等待完美，那他一定会失望的。

回到公寓，已经是夜晚十一点儿多。方敏茹从卫生间拿来一块柔软的蓝色毛巾："喏，你擦擦头发吧，不然会感冒的。"

"嗯，你想要和我说什么？"我问她。

"很多，关于我们的未来，我会平静地和你说，一定会。我想，你不必再对我心怀愧疚了，这是我的命。如果上天再给我一次机会的话，我还是会义无反顾地做出同样的决定。你会理解我的，对吗？如果那个即将中刀的人是顾菁菁，你一定也会挺身而出的。我们太像，都在傻傻地喜欢着一个人。只可惜，我喜欢的是你，而你喜欢的是她。"

方敏茹平静地说着，她的话语让我愕然不已。

"你怎么会那么快就想通了？"我惊讶地问她。

"因为你转身出去的时候，我就在想，如果我真的自杀了，你会内疚吗？我想你肯定会。为了一段感情，我牺牲了太多，难道要搭上全部吗？也许是可以的。可是，我并不想那样做。人生的路还很长，如果我一直不肯放手，我们也许会在一起，但我们都不会快乐的。顾菁菁才是你的最爱，她完全地拥有你的心，而我所拥有的只是一具空壳。我不能让你的感情在我的手边凋谢，我要放你离开，让你自由。"方敏茹说罢，转过身去。

我看不到她的表情，可是，我想她心里是轻松的。她在放我自由，她也在放自己自由。

"我欠你的，我一定会偿还，只是，我不能娶你，对不起。"我诚恳地说道。

"姜炽天，你真的不必内疚，这件事情对我来说也是一种锤炼，至少，我变得更坚强，也变得更懂得体谅他人，我不再像从前那样横冲直撞，我想，这应该就是新生吧，你觉得呢？"方敏茹回过头，面露微笑地看着我，我感激地看着她。

"谢谢你，敏茹。"

"不必客气，你要知道，我也是自私的。我多希望自己能够病得久一点儿，这样你就能陪着我久一点儿。"

"对不起，敏茹。"

"我会很好，你就放心地去寻找顾箐箐吧，请相信我的祝福是真心的。"方敏茹轻快地说着，我的内心涌出一阵暖流。

谢谢你让我离开。

谢谢你的成全。

谢谢。

时至今日，一切都已尘埃落定，可是我失去了顾箐箐的消息。

她曾是我心底最大的安慰，每当想起她的时候，心都是暖的，人都是微笑的，可是，离别就像是一个不怀好意的盗贼，终究还是偷走了我们曾经有过的美好岁月。

第九章

我所不知道的事

　　有人说：生命是一次漫无目的的逃亡。然而，为什么我们却会这样笃定地想要去梦中的地方，甚至还会那么坚持地想要和故人相守？

　　也许，那美好的、鲜活的、让人心生喜悦的画面，都将会在未来出现；也许会路途遥远，也许会天寒地冻，但是最终，我们都将会像夏花一样绚烂绽放，不可一世，永不枯萎。

　　很多时候，人世的境况，就像是深夜的寒风，冷入骨髓。倘若有人愿意给予拥抱，那么，这世间风景必然会变得盎然而曼妙得多。因为爱能够让人生变得完美而温暖，到那个时候，无论是谁，爱都会将他包围。

　　我多希望箐箐能够陪在我身边，那便是我对这个世界最大的奢望。

　　这城市这么大，这回忆那么浓。可是，我却找不到同行的人。我失去了所有关于箐箐的消息，甚至我连关于于陆的只言片语也都无从寻觅。他们消失得彻底，我只能暗自叹息，我们到底太年轻，所以敌不过宿命的恶意拆散。我们到底太年轻，所以没能懂得珍惜的意义。

　　也许，每个人的心，都像是一座城，他来了，满城花开，日光明媚。一旦他离开，便是空城的凄风惨雨，毫无生机。

　　可是在这个世界上，我们总是会遇到一些人，无论我们怎样奋不顾身，都无法改变分手的结局。悲哀的是，直到很久之后，我们才会明白，他走了，也把我们的心一并带走了。就像是箐箐。她走了，我也死了。

　　有人说，在这个世上没有什么是放不下的，只要你痛了，你自然会放手。但是，有些时候，直到痛得麻木，直到泪水干涸，我们也无法把那个名字从生命里抹去。因为它早已成为最凄美的绝唱。遇到的那些人，总是会在我们的生命里留下深深浅浅的印记。只是，你最忘不掉的是谁？

我多想告诉箐箐：在这个世界上，总会有一个人完完全全地爱你。他爱你流泪的双眼，他爱你孤单的背影，他爱你皱起的眉头，也爱你的每一次欢喜雀跃的神情。然而，无论世界怎么变动，无论世人怎样看待，我们都需要爱惜自己。所以，箐箐，请你爱惜自己，不要伤心，好吗？

八月最为炎热的一天，我在箐箐曾经工作过的咖啡馆里喝下午茶。

咖啡馆已经开设许多年了，岁月的印痕攀爬在每一寸空间中。无论是陈旧复古的桌椅，还是活色生香的灯具。

我审视着这个空间，想象着箐箐还在这里的场景。多么美好。

我将目光从咖啡馆里挪到玻璃窗外，忽然，我在街道对面看到了一个熟悉的身影。

是的，是顾箐箐！我朝思暮想了那么久的人，她竟然就这样生生地出现在我面前。

我迅速抓起背包，飞奔而去。

箐箐的身影在前方摇曳，我不管不顾地穿过路口。

一步、两步、三步，我距离箐箐越来越近，我的心跳越来越快。

我终于要见到她了。

内心的欢喜雀跃喷薄而出，我觉得自己几乎快要羽化升仙了。

"箐箐，等等我。"我大喊。

可是，她没有回头。

"箐箐，我是姜炽天，我找你很久了，你知道吗？"隔着人群，我冲着她的方向大叫。

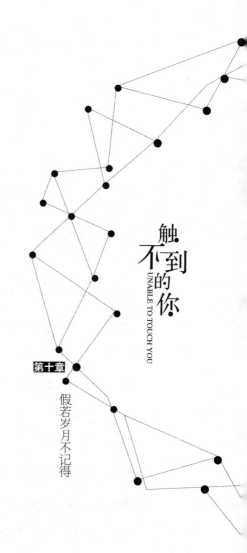

触不到的你
UNABLE TO TOUCH YOU

第十章

假若岁月不记得

01 不完整的指纹

我的喊叫声引来众人侧目，纷纷停下脚步直直地望过来，那眼神仿佛在看一个疯子。我根本无暇顾及其他，只能竭尽所能地冲到女孩的面前。

可是，当女孩抬起头的时候，我却看到了一张陌生的脸。

她，不是箐箐。

又是一场空欢喜。

这已经不是第一次认错人，也绝不会是最后一次。我明白，只有真正地找到箐箐，我的心才能安稳，我的神情才不会这般恍惚。

我觉得自己像是一个空心人，皮囊依旧鲜美，可是内心已经破碎了许多次。

谁能拯救我？谁能走近我？谁让我从死地中超脱而生？我想，只有一个人可以。

那就是顾箐箐。

所有人都知道我已经因为她快要变成疯子，所有人都知道我的心里只有她，可是，却没有人能够告诉我她在哪里。

这座城市，每天都有人恋爱，每个街道都有恋人在相拥，可是，那么多的人，却都不曾懂得爱。

爱是什么？爱是如影随形的想念，是表面风轻云淡，内心却早已风起云涌的隐蔽感；又或者，爱是一种本能，一种不掺杂任何因素的纯粹。

这个世界的爱，从来都是自私而完整的，特别是对我而言，我渴望的爱都是专属而彻底的，不留余地，纯粹到底。

从前的我并不知道箐箐藏匿着怎样排山倒海的情绪，但是我知道，这个女孩早已积攒了太多的委屈与酸楚。

关于人生，关于爱情，关于这个世界的所有。

从箐箐和方敏茹坠落悬崖那天开始，我已经接连一个月没有去学校。我讨厌见到那些叽叽喳喳的人，我更讨厌听到他们不负责任的风言风语。我开始厌恶人群，那种感觉如此强烈，以至于我不得不选择远离人群。

在学校对我发出警告之后，我选择了休学，和我一起休学的还有顾箐箐和于陆。

我试图从老师那里打探他们的消息，却只是得知他们离校之后从没回来过，也从来没有见过任何一个人。他们一起选择离开，毫无痕

迹地消失了。

因为办理休学手续需要许多资料信息，于是，我又返回姜家大宅，那曾是我生活许多年的家。姜远航再怎样残暴无情，他依然没敢将我逐出家门，因此，我在姜家大宅依旧出入自如，更何况现在，姜远航已经得到了他想要的一切，我也早已不再是他的威胁。

姜家大宅空空荡荡，保安和佣人被撤去一大半，仅有的几个人稀稀疏疏地在各个楼层里驻扎。在我回到房间取文件的时候，一不小心碰到了放在柜子上的红外显示灯。灯光微弱地亮着，我忽然就想到了一些很久以前的事。

在我的父亲姜明远还没去世的时候，他派人在姜家大宅安装了监控摄像。那段时间里，我偷偷地要求施工人员在大门外的隐蔽入口处安装了一个摄像头，这个摄像头很少有人知道，就连父亲和姜远航都不知道。

我打开电脑翻出箐箐来到姜家大宅那晚的视频，于是我看到了以下的画面：李渊陪着她来到大门口，在箐箐下车的时候，李渊特意递给她一瓶饮料，而这瓶饮料后来自然落到了我的手里。从头到尾，这都是一个阴谋。

只是，那瓶饮料后来去了哪里？我忽然意识到自己忽略了许多细节。于是，我赶忙打开了房间的监控视频，真相便随之浮出水面。

那天晚上，在我和箐箐离开房间之后，有人悄悄地潜入，并且拿走了那瓶饮料。不用辨认，那熟悉的身影我永生难忘！因为那个人正是姜远航。

我看着他心满意足从房间里走出来的模样，只觉一阵可怕。

所有的片段连接在一起，我终于明白了姜远航是用怎样的方式来伪造我的放弃遗产协议书！

我不知该说他心思缜密，还是精于算计，也许，我更应该说他是一个不择手段的小人。

为了得到全部遗产，他可以这样大费周章地来获取我的指纹。其中的计谋更是让我震惊了。一个人的心竟然可以复杂到这样的地步，真是可笑。

在他面前，我果然是一个不懂世事的孩童，他的八面玲珑竟让我感到难以言喻的寒冷和恐惧。

他总是这样决绝薄情，所以对他来说，我永远都只是个碍眼的麻烦，只有除掉我，姜家所有的荣耀与财富才能全部属于他。

他丝毫不惦记我们的血缘之亲，他在意的是他的利益，是他的追逐，是他对人性的逼迫。

这一切的始作俑者都是姜远航。

从始至终，他一直都在竭尽所能地毁灭我的生活。从开始到现在，这样的迫害似乎从来没有停止过。

他视我为眼中钉、肉中刺，他只想毁了我的全部，仅此而已。

那一次，如果不是他派人要暗中除掉我，我和何必根本不可能发生那么大的误会。没有那些误会，又怎么会有箐箐和方敏茹坠崖事

第十章

假若岁月不记得

故？姜远航那么迫不及待地想要除掉我，就像是捏死一只蚂蚁一样，他始终都在蠢蠢欲动，并且在等待一个最好的契机。

我能够感觉到危险正在向我步步逼近，我能够感觉到姜远航想要除掉我的心从没死去。他像是一只野兽，时刻潜伏在路口，只待我经过的时候，迅速将我击毙。这，便是他的美梦。

许多事情正在慢慢地彰显清楚，一些真相也已凸显在我面前。原来，所有的问题都出在那瓶饮料上。

如果不是饮料，他根本无从提取我的指纹。他真是用心良苦，可是，尽管如此，他依然忽略了一个小小的细节。

在我被囚禁的那段时间，我一直自暴自弃地在房间里乱扔乱砸，在和保安拉扯的时候，我的手指被磨破了，因此，我相信：瓶子上的那个指纹肯定也是不完整的。

如果我能证明那些指纹和我的指纹并非完全匹配的话，我就可以为自己正名，而那份放弃遗产协议书也会自动失效。到那个时候，我和姜远航就会打成平手，我们将会一人分割一半姜家的财产；到那个时候，我自然就有能力带着箐箐去任何一个科技发达的国家治疗她的眼睛。

一瞬间，所有的迷雾都消散了，我开始意识到了一切都可以重头来过。因为我所拥有的东西，即将归来。我将不再是那个一无是处的姜炽天，我一定会干出一些让他惊讶的事。

于是，我连夜乘车赶往孙伯伯的宅子。孙伯伯是父亲的挚友，他一直都知道我的存在，并且一直都对我疼爱有加。每年我生日的时候，无论他在哪里，他都会记得为我带一份礼物。

在父亲去世之后，他对我说："孩子，你的父亲已经离去了，但是你还有我，以后的路还很长，如果你需要一个肩膀，记得来找我。"他和蔼地拍了拍我的手，我竟感觉到了难得的温暖。

因为我是私生子，父亲的朋友们大部分都对我避之不及，仿佛害怕沾染我的晦气，但孙伯伯是一个例外，他疼我，照顾我，甚至到了视若己出的地步。我不知道这种感情到底是来自于同情，还是来自于长辈对晚辈的爱惜，或者，更多的是缘分。

叩响孙伯伯的大门，有人为我开了门。

"您好，我是姜炽天，烦劳您告知下孙先生，谢谢。"我恭恭敬敬地说道。

"稍等，您先在客厅休息片刻，我这就去通知。"管家客气地说道。

几分钟后，身着白袍的孙伯伯走进客厅。孙伯伯年近七十却依旧精神抖擞，一副仙风道骨的样子。

"嗨，小子，你很久没来看我了，我以为你去了国外。"孙伯伯笑容愉悦。

"没有，我一直留在本市，只是极少露面。"我如实相告。

"为什么不出去散散心呢？最近发生太多事了，你一个小孩子竟能承担这么多动荡，实在不容易。"孙伯伯看向我的目光充满了怜

悯。

"我挺好的，还能扛得住，只是，有些事情并不是我希望的。"

"怎么？你遇到烦心事了？"孙伯伯关心地问。

"嗯，姜远航伪造了一份我的财产放弃书，说是我自愿放弃所有财产，可事实上，我并没有那么想，也不可能那样做，现在我不知道该怎么办了。"我的声音有些颤抖，语句却极其真实。

"哦？这样啊，姜远航这小子果然能干出这样的事。你还记得那次你被人围堵、差点被刀砍死的事吧，那次也是他干的。你父亲心知肚明却碍于情面，所以没有撕开脸面和他对峙。可是现在，你父亲走了，姜远航这小子越来越无法无天了！"孙伯伯轻轻地用手拍打着竹椅，似有所思。

"我没想到他要这样害我，虽然我的存在威胁到他，可是我从来没有想过要争夺集团的继承权，他又何必这样呢？"

"炽天啊，你还小，不知道商界有多惨烈，就算是亲兄弟，他们也能够做出相互残害的事，这就是人性。在生意场上，尔虞我诈的事很多，我都看到麻木了，只是你这事，我不打算坐视不管，既然你来找我，那就说明你无路可走了，我怎能不体谅你的艰辛呢？"孙伯伯轻抿了一口茶水，然后慢悠悠地说道。

"那您打算怎么做？"我迫不及待地追问。

"山人自有妙计，你有什么证据吗？"孙伯伯依旧是和蔼可亲地看着我。

"有，放弃财产书上有我的指纹，可是那份指纹却是不完整的，根本不是我亲自摁上去的，而是从我用过的饮料瓶上提取而来的。"我拿出那段视频放给孙伯伯，孙伯伯一边看一边点头。

看着他了然于心的模样，我的心情也渐渐舒缓下来。

孙伯伯的品性就是这样，他并不爱喧闹，却能够有条不紊地做好许多事，这便是他的人格魅力。

02 第二份遗嘱

帝豪集团。

我推开姜远航办公室的玻璃门，他看见我的到来，只是呵呵一笑："怎么，你来拿生活费？"

他的语气满是讥讽与嘲弄，仿佛此时的我只不过是一个衣着破烂的乞丐而已。他把我丢弃在角落里，任由我自生自灭，自我了断。

"姜远航，我已经找到了你伪造放弃遗产书的证据，我很快就会把它在大众面前公开，希望帝豪集团的股票不会因为这样的丑闻而大幅度下跌。"我冷冷地说。

"哦？那么厉害？呵呵，我还不知你有这样的能力，但是，你好像忘记了你的身份，你不过是一个处心积虑却没有得到遗产继承权的私生子。你的话能有什么真实性？人为财死，鸟为食亡。谁知道你会

不会为了财产而做出伪造证据的事？所以，你死心吧，不会有人关注你的证据，更不会有人相信你。胜者为王，败者为寇，这样的现实希望你能懂。不要再犯傻了，好好找个地方躲起来吧。这个城市的繁华和你是没有关系的，你不要忘了你的身份哦，弟弟。"说到最后两个字的时候，姜远航已经笑得前俯后仰。

我知道他在肆意地欺辱我，我一个箭步冲上前，愤怒地抓起他的衣领，使尽全力愤怒而视，然而，片刻后，我却还是无力地放了手。

像他这样的人，完全可以以各种莫须有的罪名将我丢到监狱里。到那个时候，就算我再怎样想去找箐箐，却依旧无能为力。我深知他的邪恶与残暴，所以我必须要竭力保证自己的行为不会有失偏颇，不会被他抓住把柄。

"呵呵，姜炽天，你永远都斗不过我的，永远。"姜远航恶狠狠地说道。

"善恶到头终有报，希望你不会结局很惨。"我丢下这句话，大步流星地走了出去。

玻璃窗外的世界明亮而刺眼，街上人声喧嚣，随处可见的人影摇动，却没有我想要寻找的人。

"孩子，你在哪里？"刚走出不远，我接到了孙伯伯的电话。

"我刚从帝豪集团出来，现在在街上。怎么了？孙伯伯。"我问道。

"是不是碰了一鼻子灰？别泄气，你现在回到帝豪集团，我随后就到。"

挂掉孙伯伯的电话之后，我又重新返回了帝豪集团。我拿着文件夹坐在远航的办公室里，看见我回来，他哑然失笑："怎么，鬼打墙了？"

"我只是来坐坐而已。"我耸耸肩，随即坐在柔软的沙发上，内心生出几许期待。我必须想办法拿回我的财产继承权，到时候，我才能够把箐箐带到美国去接受最好的治疗。我曾询问过专家，眼部手术必须花费数百万元才能恢复视力。

只要能让箐箐好起来，一切都是值得的。

"你这个蠢蛋，你难道不知道自己的身份不宜过多招摇吗？如果你还想拿回你的继承权，那我只能说你是癞蛤蟆想吃天鹅肉。你根本不配！"姜远航有些恼羞成怒，他把手里的钢笔猛地摔到地板上。

"谁不配？"

当孙伯伯的声音响起的时候，我分明看到姜远航眼底闪过一抹惊慌。

"孙伯伯，您来了，我正准备去拜访您呢，您最近身体都很好吧？"姜远航慌忙点头哈腰。

"我挺好的，只是你的父亲却不怎么好。我前天做梦，梦见他对我说起一些事，醒来之后，我就差人仔细打探了下，事实果真如此。所以，我今天倒是想来问问你，你父亲去世之后，你都干了什么？"孙伯伯面露威严地问道。

第十章 假若岁月不记得

"啊？我没有做什么。"姜远航慌忙否认。

"是吗？你父亲和我说起你伪造了炽天的放弃遗产继承书，我也找到了证据，事实果真如此，你该怎样为自己辩解？"孙伯伯斜斜地看了姜远航一眼，姜远航恐慌至极。

"我没有，我没有。"姜远航的声音越来越无力。

"这个是我从律师事务楼调来的资料，姜炽天的放弃遗产继承书上的指纹，我已经找人细细地查过。这个指纹并不完整，只能很大程度地说明它属于姜炽天，却不能完全肯定。而且指纹的走向完全相反，说明了根本是从别处再次复印上去的，这是一个漏洞，所以你利用了这个漏洞来排挤姜炽天，是不是？你这样做对得起你父亲吗？"孙伯伯猛地拍了一下桌子，响亮的声音在办公室里回荡。

"孙伯伯，您真的冤枉我了，真的，我没有干什么对不起我父亲的事，请你相信我。"姜远航苦苦哀求道。

"既然你不承认，那我就只能走法律途径了。"

"我真的没有做什么，您真的不能冤枉我。"姜远航还是死不承认。

我以为孙伯伯要就此无奈而回了，可是，我却忽略了他的老谋深算。

"姜远航，你太聪明了，可是，你也太蠢了。你以为你父亲离开之前就只是拟了一份遗书？不，你想错了。你父亲太了解你的性格，所以他知道一旦他撒手离去，你绝对不会放过姜炽天。所以，他事先在我和几个律师的见证下又拟了第二份遗书。如果姜炽天一切平安无虞，公证处就会采取第一份遗书。但是如果姜炽天出现任何伤残或者是死亡，第二份遗嘱就会生效，而你，则会丧失所有的财产继承权，一无所有。第二份遗书还未正式使用，如果你一意孤行，我不排除用第二份遗书取代第一份。到那个时候，你后悔也没有用了。"

孙伯伯说出的话让我惊讶不已，我从未想过父亲还会有这样的两手准备，这让我感到暖心而坦然。

至少，我不再是孤独无依的小人；至少，我不必再遭受各种各样的迫害了。

"孙伯伯，我真的错了，请您原谅我。"姜远航是典型的财奴，只要是提及他的自身利益，他肯定会格外仔细地对待，因此当他得知自己有可能全数失去这些财产的时候，他的整个人近乎崩溃。

"你好自为之吧，我希望你能想明白什么该做，什么不该做，否则的话，自食恶果就没有意思了。"孙伯伯说完之后，他又飘然离开了，只剩下惊慌错愕的姜远航，还有同样愣在原地的我。

只是，比起我的欢喜，姜远航的呆滞表情更显滑稽。

"孙伯伯，谢谢你，我父亲真的有立第二份遗嘱吗？"走出大门，我快步追上孙伯伯问道。

"傻孩子，你的父亲走得太急，他原以为他去世是在十年之后，那样的话，你就足以和姜远航抗衡了，根本无须担忧其他的事，所以……"孙伯伯欲说还休。

　　"难道，根本没有第二份遗嘱？"我惊讶不已。

　　"都是我杜撰而已，但是姜远航暂时不敢动你了，他害怕那份遗嘱真的存在，他是爱财如命的人，自然是不敢冒险的。"孙伯伯微笑着说道。

　　"原来如此，谢谢。"对于孙伯伯的帮助，我十分感激。

　　孙伯伯离开之后，我又折返到姜远航的办公室。此时的他已经瘫坐在沙发上，面如死灰。

　　"怎么，你来夺走你的东西吗？"他无力地说道。

　　"对，而且，我现在就想要钱，一千万。"我斩钉截铁地说道。

　　"呵呵，父亲他到底也是偏爱你的，临了竟然还在为你操心，呵呵，我这一个婚生子竟然不如一个私生子，真是嘲讽。"姜远航一边无力地自嘲，一边起身写支票。

　　03 被隐瞒的病情

　　薄薄的支票捏在手心里，我迅速打车赶往医院。

　　我找到之前箐箐的主治医生，问他："如果我带箐箐到美国治疗，她复明的几率有多少？"

　　他看了我一眼，然后摇摇头说："就算你去美国，复明的概率也只有百分之一，仅此而已，你又何必去冒险呢？"

"你的意思是说顾箐箐不可能再恢复视力了？我有一千万，你必须治好她，可以吗？"我拽着医生的衣领。

"真的没用的，她的病情很严重，完全不可能治愈的。"医生还在极力地劝说我，可是我完全不为所动。

我的心里只有一个想法，那就是箐箐一定要复明。我还要陪着她看遍这个世界的风景，我还要陪着她去西藏、去缅甸、去意大利，我必须让她恢复视力。

"你是她的医生，你当初怎么不好好地为她治疗？是不是你医术不行拖延太久，所以才导致她的病情那么严重？"我质问道。

"我真的不知道你们这群人是怎么想的。有人明明病情很严重却非要说得云淡风轻，有些人明明是病情无碍，却一定要夸张成永生不得治愈的惨状，真是奇怪。"

医生的话就像是一把匕首，直直地插入我的心脏。他刺痛了我，可是也在瞬间点醒了我。于是，我要求医护人员迅速找到方敏茹的病历单。

我必须要知道所有的真实情况。

在病情简介那一栏，我竟然看到医生字迹清晰地写道：刀伤、擦伤已痊愈，无任何后遗症。

我看着这样的文字竟惊到不能说话。原来，从始至终，那个病情最严重的人竟然是箐箐，而我辛苦照顾许久的人竟然早已悄然痊愈，并且根本不是她所说的"不能生育"。

　　我觉得这个事实太过嘲讽，我甚至为自己的不辨是非而深觉可怜。

　　我竟是这样愚蠢的一个人，被人骗了，却毫不知情。

　　箐箐骗了我，只是为了让我安心，所以才决然离开；而方敏茹骗了我，却只是为了让我愧疚让我难受，不敢离开她。

　　真相一目了然，可我却失去了箐箐。在箐箐最困难最脆弱的时候，我毫不知情地陪伴在方敏茹身边；在她最需要我的时候，我却正在努力地去喜欢一个欺骗我的人。

　　我果真是蠢到极致了，否则，我怎能看不出这些是非真伪？

　　从医院离开之后，方敏茹找到了我。她并不知道我看到病历单的事，她只是笑嘻嘻地和我说：“我听说你去找了姜远航，你没受伤吧？可把我担心坏了，我还担心姜远航那个骗子会伤害你。”

　　方敏茹笑语盈盈地说着，可我的内心却感到一阵厌恶：到底谁是骗子？到底谁才是那个最善于抓住别人怜悯之心的骗子？我想，不是我，不是姜远航，而是你！

　　“谢谢。再见。”我不想再与她多说一个字，冷冷地迈步离开。

　　我想，从此以后，我和她必定再无关联，我们两不相欠。怨恨辗转成陌路，我只能选择决绝离开。

　　看着我离去的背影，方敏茹在身后穷追不舍：“姜炽天，你怎么了？你等等我，哎，你不要走，你怎么了？”

　　我随手拦了一辆出租车，然后头也不回地离开。

这一次，我感到前所未见的自由。我终于可以安心地去寻找箐箐了，我不再需要谁的原谅，也不再背负着沉重的愧疚。

从此之后，我只是我自己。

我可以选择我喜欢的人，也可以选择我喜欢的人生。没人可以成为我的枷锁，除了顾箐箐。

我喜欢她，所以我甘心情愿为她迷醉、为她崩溃。

这是我的宿命。

感谢宿命。

04 散落天涯的花儿

自从孙伯伯到访帝豪集团之后，姜远航对我的态度明显发生一百八十度大转变。他深知自己已经无法铲除我，所以他只能努力与我握手言和。

"听说你最近还在找顾箐箐？"他看向我。

"是，你打算挟持她？"我问。

"不，你想太多了，我只是想帮你，如果你需要，三天之内，我就可以帮你找到顾箐箐。"姜远航说道。

"你真的愿意帮我？"我难以相信。

"是的，父亲已经不在了，我们兄弟俩要相互搀扶，你觉得呢？

以前的事都是我做得太过分了，所以，我希望你给我一个将功赎罪的机会。"我分不清姜远航的话到底有几分诚意，我宁可相信是"第二份"遗嘱让他恐慌成这样，而绝不是他真诚地回心转意。

第二天下午，我正在姜家大宅里吃午饭，电话骤然响起。

"我已经动用各种关系找到了顾箐箐，她还在本市，可是，她并不愿意见你。"姜远航缓缓地说道。

"为什么？"我问。

"她说她已不再完整，希望你可以找一个更好的女孩，而不是像她这样的盲人。"姜远航如实回答。

"你把她的地址发到我手机，我现在就过去，不要让你的人吓到她，更不能伤害她！"我飞快地抓起外套，然后一路狂奔到门外，伸手拦了一辆出租车，司机载着我一路赶往姜远航用短信发给我的地址。

原来，这个世界真的如此不可思议。

只要你耐心等待，你想要的，就一定会到来。虽然中间的过程很艰辛，但是只要坚持下去，就一定会有云开雾散的那天。

然而，当我到达那个地方的时候，却觉得一阵难过。箐箐竟然生活在这个地方，破旧、简朴、僻静，甚至还有些冷清，稀稀疏疏地住着几户人家，根本没有城市的气息。

我按照门牌号找到那个房间的时候，姜远航的下属已经等在那里。

"您来了，姜二公子。"下属恭恭敬敬地对我说。

"顾箐箐呢？"我看向空荡无人的房间。

"顾小姐和于先生出去买菜了，我已经安排了人跟着他们，您耐心在这里等待一下吧。"下属说道。

我踱步走进房间，粗糙的装修、发黄的墙壁，还有凌乱的生活痕迹。箐箐失明后的日子过得一定不是很好，否则这里的环境怎么会这样糟糕呢？我鼻头发酸地想着，只盼望自己能够尽早见到他们。

我坐立不安地在房间里等了半个小时，直到几个黑衣人推门而入："对不起，姜二公子，我们跟丢了他们，他们去了菜市场，人特别多，地方也特别大，他们来来回回绕了好几个弯，最后一眨眼的时间，他们竟然都消失了。但是没多久，一个小女孩送来一封信，说是路过的哥哥、姐姐央求她送来的。等我们找到女孩说的地方，他们还是不见了踪影，所以……所以我们就只能赶回来了。"为首的黑衣人满脸愧色地说道。

我接过那封信，却不是箐箐的笔迹。

姜炽天，我知道你迟早会找到我的，所以我提前写好了这封信。见信如见人。希望你一切都好。

最近这段时间，于陆一直事无巨细地照顾着我。当然，这封信也是我口述，他来撰写的，希望你能多加体谅。于陆对我很好，我们虽然无法成为恋人，却依旧亲如兄妹。我很感谢在这样的时刻，他能够

对我不离不弃。

姜炽天，你是一个很好的男孩，虽然犯过错，但早已迷途知返。我希望你能快乐、健康。方敏茹很爱你，也很勇敢，你应该珍惜。在她的感情面前，我觉得自己很卑微。我想，她才是最适合你的人，而我，不过是一个瞎子罢了。你不必再找我了，因为我还会一直逃跑。我配不上你，所以我也不能拖累你。照顾一个盲人真的很辛苦，我打算过段时间学会自立之后，就让于陆离开。

姜炽天，我们有过的时光都会是我这一生最好的记忆。空荡的大街上，一长一短两个影子，那是我每每想起都要微笑的场景。谢谢你陪伴过我。再见。

箐箐

我能够想象到箐箐口述这些话时的隐忍与感伤，透过这层信纸，我觉得自己甚至能够感受到她的微微颤抖。

我拿着信，心中一片狼藉，有种被抽离的空洞感。

但我明白，也更加坚定，无论如何，我一定要找到她！

就算她多么不情不愿，我都要死皮赖脸地守在她身边。

不管她是否会对我心生厌倦，我都甘愿竭尽所能地让她开心、快乐。

在很久以前，我并不知道爱情到底是什么，所以我会用各种幼稚的小把戏来表达我的喜欢。

可是现在，在经过这一场又一场的风浪之后，我已经变得镇定沉稳，变得能够担当起爱情的重量。

我在成长，我在改变，最好的姜炽天已经到来。我迫不及待地想要和箐箐分享我的改变。所以，我必须要找到她。无论费尽怎样的千难万险，我都要陪在她身边。

一定要。

这是我对人生最大的祈求，我不再期望自己能够大富大贵，我也不再允许自己自我放逐。

我要为了箐箐变得更坚强，更勇敢，更像个男人的模样。

有些人，走了，就走了吧，没什么大不了的。天还是一样会有阴天晴天，人还是会生老病死，就当是一个不大不小的插曲。一曲终了，人们纷纷散场。可是有些人，一旦他不在了，整个世界都将轰然倒塌。

让两个孤独的人在这个世界相遇，让所有的烦忧自动消散。两个人在一起总是要比一个人好很多。

记得有一个夜晚，我开车行至郊外。黑夜蔓延之处，清冷早已宣泄无遗。

我打开车窗，窗外的风席卷草香而来。我起身披着外套下了车，眼前的世界黑暗而又深远，铺天盖地地将人湮没其中，冰冷的气息让我有些发颤。

于是，我又想到了箐箐。

有些时候，有些人，他们夹带着各色的故事进入你的世界。有人给你伤痛，有人给你快乐，而有的人就像是一个园丁，默默地在你的心头种下一棵树。它在你的心上扎根发芽，直至繁茂苍翠。你试图将它连根拔起，却发现它已经与你的世界牢牢地结合在了一起。

对我来说，箐箐大概就是那个植树的园丁吧，她在我的心上种了一棵叫爱情的树，却结出了最苦涩的果实，每每想起，便是一阵无法克制的疼痛与失落。

直到最后，我才终于明白：人们之所以会念念不忘，不是因为爱得有多么热烈，单纯是因为那样的记忆深刻入骨。就算时间飞快流逝，总是会有一些东西让人根本忘不了。哪怕都只是很细微的小事，却依旧不忍心忘记。

我再也无法忘记箐箐，所以，我只能一次一次又一次地寻找她。

我喜欢她，所以不忍她独自流浪在这个世界。

我喜欢她，所以我一定要穿过千山万水找到她。

我设想过的所有未来都有她的存在，如同诸多情侣一般，我希望和她朝夕相伴，想和她静心品味这世间的酸甜苦辣。

无论世界多么匆忙，无论路途多么遥远，我都要找到她，一定。

魅丽优品十月大秘说

开始啦！

黄金之秋乃是丰收之季，魅丽优品也迎来了新一轮的新书季大爆发。编辑精心组成了"魅之阅书"仅仅队，敬请关注哦。

A·妖孽大盘点：
喵哆哆《守护神之愿》

洛原汐： 来自玄月湖中的守护神，外形野性神秘，拥有一头黑色长发，琥珀色的眼眸纯净清澈，手臂上有一块金色的鳞片，就像是美丽而玄妙的手镯。

[内容简介]

搞什么嘛？

野餐却倒霉地遇上了有人溺水，费尽力气救了人，还被骂多管闲事！真是气死我溪慕瑶了！

等等……隔壁家搬来的美少年洛原汐，为什么看起来那么眼熟？而新来的帅哥班主任墨然，也莫名其妙地成为了我的家教……

天啊！一切都乱套了！

他们处心积虑要寻找的宝物，到底是什么？清澈美丽的玄月湖底，到底又隐藏着什么秘密？

魅优十年·幻想志，喵哆哆带你体验不一样的少女奇幻历险！

 **毁三观之方阵：**
草莓多《不完全恋爱关系》

慕御尧——1米85的身高，天然呆属性美少年，想法很单纯，似乎对一切都不感兴趣。不过，他是一个超级运动天才加规则白痴，每次上场总是把人撞飞，因此犯规被罚下场。口头禅是："就算被罚下场，也要轰轰烈烈地把敌人干掉。"外人看来，他就是上了球场才会启动的疯狂战机。但是，他还有一个不为人知的身份，就是超红的少女漫画作家！因为看中女主角的编剧能力，便邀她一起创作漫画。

[内容简介]
"喂，你要不要和我在一起……"
有人告白？哈哈哈，我颜千语果然是无敌青春美少女……
"和我在一起……创作漫画。"
喀喀，这位长相虽佳，但是挂着一双"不答应我就杀死你"的死鱼眼面瘫王，说话能不能不大喘气？
为了不被"杀掉"，颜千语被迫签下"漫画合作契约"。
只是，这个死鱼眼面瘫王慕御尧居然是当红少女漫画家？
开什么国际玩笑，一定是设定出错了！
当幻想少女遇到毁三观的漫画家大人，还有沦为素材的校园绅士美少女，以及怪力属性美少年……颜千语觉得被怪人包围的人生简直太疯狂了……

 **颠覆世界观的暗黑队：**
莎乐美《嗨，王子蜜语星》

翊千飓：外形精致完美，气势强大，拥有如墨般的黑色短发和幽黑的眼眸。明面上是世界著名的超级财团"千叶"的继承人，另一重身份却是忍者家族第二继承人。

艾明雅：温柔的男配角，外表帅气，然而内心无比黑暗。以"温柔体贴好哥哥"的身份自居，实际上是保护忍者家族最高继承者的人。美其名曰磨练艾王子的忍术，却暗中每天给艾王子下绊子。

[内容简介]
整整八十八年都没有出过什么名人的三流学院"砂冠学院"，最近爆出了大新闻，这一届的新生中居然一口气出了三个大帅哥——
华丽优雅、被誉为少女们梦中情人的王子殿下艾雅臣，
背景显赫、帅气的学生会长原涉也……
就连超级财团"千叶"的继承人翊千飓居然也转学到了这里！
顿时，整个学院的女生们沸腾了！
传闻中的王子殿下们，居然聚集在这个名不见经传的小学院，他们到底是为了什么而来呢？

GO!!! >︿<

 · 勇敢逆袭的美女团：
莎乐美《进击少女希梨酱》

希梨： 大家眼中的"360度无死角零缺陷美女"，无论出现在哪里，永远是万人瞩目的人物，是高级优雅的代名词。外表光鲜亮丽，实则自理能力为零，除了关注奢侈品和享受男生的爱，没有其他特长，如草履虫一般的简单生物。然而突然有一天家里破产，变成了穷光蛋，而喜欢的男生竟然向学校最丑女生告白！

[内容简介]
我是希梨，大家都叫我"女神殿下"，尽管被"发配"到普通学校，可是生活依旧如鱼得水。
直到像小飞侠一样闯进教室的金发少年克里斯出现……
他居然无视如此优秀的我，向其他女孩告白？有没有搞错！
外国人的审美都这么奇怪吗？
既然这样，那就让我这个真正的美少女来拯救你的审美观吧！
可是，这个浑蛋不光将我的生活搅得一团糟，还将我的心也搅成一团乱麻……
当企业破产的噩耗传来，当被喜欢的人拒绝，当学校的劝退通知书下达，当骄傲的女孩失去所有可以炫耀的资本，一切已经糟糕透了！
既然情况不会更糟，那我还有什么好怕的呢？
少女也有长大的一天，进击吧，希梨酱！

疯狂游乐场 以茶会情

编辑拜读完七日晴的最新力作《七情记》，对里面各种风格的美男子念念不忘，所以迫不及待要跟大家分享，所以才有了下文，请跟编辑一起愉快地玩耍吧！

请按照你的第一直觉挑选一种编辑列举出来的名茶，看一看谁会成为你的跨时空恋人！

A. 火青茶 ///////////// B. 祁门红茶 ///////////// C. 云雾茶

D. 普洱茶 ///////////// E. 蒙顶茶 ///////////// F. 碧螺春

G. 龙凤团茶

测试结果：

选择A的小伙伴，你的跨时空恋人是温润随和的才子汪士慎哦！作为恋人的他虽然不太会制造惊喜浪漫，但绝对温柔专一。只要认定你，不管你提出的要求合理或是不合理，他都会一一满足你！

火青茶是汉族传统名茶，中国十大名茶之一，属于珠茶，起源于明朝。

选择B的小伙伴，你的跨时空恋人是倔强而坚强的死士王著哦！他或许身份不够出色，背景不够强大，却有一颗爱你到老的心。无论碧落黄泉，他誓死追随。

祁门红茶是我国传统功夫红茶中的著名品种，被誉为"祁门香"。

选择C的小伙伴，你的跨时空恋人是忠厚正直的蔡襄哦！他可能比较迟钝，不太懂女孩子的心思，但是倘若他明白了自己的心，必定深情不负。

云雾茶因产于南岳的高山云雾之中而得名，古称岳山茶。从唐代起成为向皇帝朝贡的"贡品"。

选择D的小伙伴，你的跨时空恋人是深情霸道的帝王符坚哦！可能他什么都不说，甚至一些做法会让你觉得过激，但是请不要怀疑他爱你的心。他甚至可以颠覆整个天下，只为博你一笑。

普洱茶又名滇青茶，属于黑茶类，因原运销集散地在普洱县，故名普洱茶。

选择E的小伙伴，你的跨时空恋人是心怀天下的王安石哦！他有满身的抱负，或许会因为自己的理想而忽视你，却会为你挡下所有的伤害！

蒙顶茶是汉族传统绿茶，产于四川省雅安市名山区蒙顶山，有"仙茶"之誉。

选择F的小伙伴，你的跨时空恋人是野心勃勃的赵匡胤哦！他目标明确，能力出众，他知道自己最想要的是什么。在这个过程或许会先离开你，然而时过境迁，终有一天他会明白你到底有多重要。

碧螺春是中国传统名茶，中国十大名茶之一，唐朝就被列为贡品。

选择G的小伙伴，你的跨时空恋人是痴心不悔的蔡京哦！一见倾心不能忘，哪怕是在错的时间遇上了对的人，他都会义无反顾。若你不能留在他身边，纵然是刀山火海，他也会去找你！

龙凤团茶是北宋的贡茶，皇家御用，后被散茶替代。

编辑几乎是一口气读完了七日晴的《七情记》，到现在还沉寂在书中那一个个缠绵悱恻、荡气回肠的故事里。
这里有比《华胥引》更动人的爱情，有比《花千骨》更深的宿命纠葛！
还等什么？快快直奔书店，把七日晴的新书抱回家吧！
七次不同寻常的穿越，七段缠绵悱恻的情缘！

继《寻找前世之旅》后，第二部广受好评的浪漫时空小说经典！

她在他的人生里步步惊心，他在沧桑历史里执着等待。
一杯"七情茶"，奏响一曲酣畅淋漓、穿梭时空的浪漫欢歌。

寻觅等待千年，不若此世相逢，相望一瞬间。

七日晴 出道创作第七本纪念之作——《七情记》！

内容简介：

平凡的女高中生陆佳宜，因为不小心打破祖传的天青茶碗，引出了陆家祖灵——茶圣陆羽。风度翩翩的茶仙竟然就此缠上她，使得平静的生活一去不复返……
无奈之下，陆佳宜随身携带三足金蟾的茶宠，开启了一段段寻找七情古茶的时空旅程。温润如玉的才子书生，霸气不羁的未来权相，貌美善战的王将……她寻找着茶圣祖灵需要的古茶，也搜寻着这些倾才绝艳之子的爱惧喜恶等情感。但明明立誓低调当一个过客完成任务的她，还是不小心吸引了某个"危险"人物的关注……
一杯七情古茶，饮尽人间的悲欢和爱恨；七段时空异旅，看遍盛世的繁华与衰灭。
到最后，是谁成为了谁的过客，是谁颠覆了谁的人生？

Bilibili 聊天室

又是一年好时节，烟花三月下扬州！哈哈——我这次可是给各位读者带来了许多的福利！

来，仔细看看你们有没有上榜吧！另外，还有西小洛携带着她的好友奈奈闪亮出场！

那么，千古难题来了！假如西小洛和奈奈同时掉进了油锅里，你们该怎么办呢？是炸了吃吗？反正我是饿了，准备先下手为强！

① 新书知多少 《假若时光不曾老去》里的那些事

> **@编辑**
>
> 准备好了吗？有请小洛闪亮登场！
>
> **@merry_西小洛**
>
> 呃……大家好！
>
> **@【西瓜】顾念**
>
> 小洛！这次的男主角、女主角有没有残疾励志故事？
>
> **@merry_西小洛**
>
> 有吧……毕竟"脑残"也是一种残啊！男主角司城初登场，给我们女王大人顾也凉的就是这种印象。
>
> **@【西瓜】陌白浅**
>
> 我的问题，西小洛在写完这本书后，内心的感触是什么？
>
> **@merry_西小洛**
>
> 你等待的那个人只要是对的，等多久都没关系，因为，这就是一个关

于等待的故事啊！

@【西瓜】顾念

是发生在校园里还是校园外的故事？来点职场上的也不错哦，像小洛第一本转型作品《后来我们还剩下什么》那样，就很好看啊！

@merry_西小洛

是发生在大学里的故事啦！其实，大学就是一个小小的职场啊。虽然不是"后来"那种真正的职场，但是比之前满满都是少女心的《有你的年少时光》那种特纯粹的小暧昧的校园故事要凶猛很多哦！

@樱络XXXXX的小心情

呃，凶猛……那，小洛，这本小说里男二号是不是"暖男"啊？可以多透露一点信息吗？

@merry_西小洛

绝对的"暖男"，像《你是我回忆里的风景》里的男二号许泽安那样的"暖男"。哦，对了，女主角顾也凉的初吻就是给了男二号宫杰！男二号啊！不是男主角！

@尾巴上长了泡

小洛大人，是悲剧还是喜剧啊？

@merry_西小洛

都是喜剧，但是后面上市的《彼时年少，守望晴天》结局比较悲伤。

② **作者私人房** 你所不知道的秘密

@编辑

嗯，第二个环节。等待已久了吧，各位？

@merry_西小洛

隐约感觉很不安……

@编辑

嗯，第二个环节。等待已久了吧，各位？

@merry_西小洛

隐约感觉很不安……

@【西瓜】顾念

小洛有没有男朋友？小洛在魅丽优品最喜欢的人是谁？

@merry_西小洛

看我欲哭无泪的样子！男朋友……结婚了，新娘却不是我，come on，跟着我一起唱起来！一起摇摆，一起摇摆！哟，哟！我当然最喜欢我自己了……

@【西瓜】杏然

小洛的真名叫什么？

@Merry_西小洛

叫天天不应，也叫地地不灵！

@樱络XXXXX的小心情

小洛乖，该吃药了！

@Dream

小洛乖，该打针了！

@红红火火恍恍惚惚的我

小洛乖，该去医院了！

③ 油锅互动棚 小洛和奈奈都掉进油锅，怎么办啊

@编辑

这种难题，跟问你妈妈和女朋友同时掉进水里先救谁是一样的吧？

@【西瓜】简霖

掉进油锅里，我选择关火。

@尾巴上长了泡

把奈奈和小洛炸成"金黄脆"，周六早上，只要九块九！

@Merry_西小洛

你是安小晓变的吧？这么爱吃……奈奈，我无比善良地帮你！

@奈奈_NANA

油炸"金黄脆"的那个，放学后在校门口等我！

@跟我一起去浪吧

等等，我去问问我朋友们喜欢孜然还是胡椒粉……

@Merry_西小洛

已经不想跟你们这群人类说话啦！

@奈奈_NANA

已经不想跟你们这群人类说话啦！

@【西瓜】木讷

你们太过分了，怎么可以油炸奈奈姐和小洛姐呢？应该捞起来清蒸，清蒸的吃了健康，不长胖！

@奈奈_NANA

我想离开这个了无生趣的世界，心好累……

@Meryy_西小洛

别走！别走！请带上我！

@【西瓜】木讷

编辑，留住洛姐！

@编辑

已经被你清蒸了……

OVER——全剧终

看新书，赢礼物！晒出你们手上《假若时光不曾老去》的封面以及你们成长里有趣的故事，可以@Merry_西小洛，赢得小洛亲自拍摄的唯美明信片，赢取各种各样的惊喜大礼包哦！

【飓风袭来】——

今天，你抢书了吗？

——《亲爱的，不再亲爱》火热上市啦！

正是中午时分，编辑部上空萦绕着一股肉香味，其浓郁程度可绕室三日，绵延不绝。忽然，一道火红的影子飞速跑过，五秒钟后，半空中传来令人惊骇的笑声。

【八卦妹】：（笑容满脸）喂喂喂……大喇叭，今天你抢书了吗？

【大喇叭】：（白眼一翻）啥？我只听说过抢饭抢菜，没听过谁抢书的。你是不是出门忘记吃药了？

【八卦妹】：节日大酬宾，各大售书网站、书店超低折扣，你竟然不知道？看，我手中这本，可是**陌安凉**最新出的小说《**亲爱的，不再亲爱**》！封面设计很漂亮吧？

【淡定哥】：（闻言凑了过来）哎呀，这个作者我眼熟啊，她之前还出过其他的书，故事编得不错，接地气又扣人心弦。

【大喇叭】：你跟谁都眼熟，天上的牛都在飞啊！

【淡定哥】：说谁吹牛呢！我随时能讲出它的主要内容，你信不信？听好了，这本《亲爱的，不再亲爱》，主要叙述了四个少女和三个少年的青春成长经历，有爱情的泥沼、友情的危机、亲情的无常，还讲述了安小笛、苏云锦……咦？还有谁来着，反正就是讴歌青春、高扬梦想，对吧？

【大喇叭】：（敲了淡定哥额头一个栗暴）叫你装！看本姑娘的弹指神功，弹崩你的脑仁儿。

【淡定哥】：嘿嘿……一般般啦。你不戳穿我的话，我们还是好朋友。

（两人正闹着，发现八卦妹安静得很诡异，大喇叭顿时伸手突袭过去。）

【八卦妹】：哎哎哎，别闹，我正看到精彩章节！再闹，我把你从窗口丢出去！

【淡定哥】：（好奇）什么精彩章节？

【八卦妹】：苏云锦和安小笛数年痴缠，终于被横空出世的保康祺破坏了！说起来，保康祺的大胆追求好精彩、好搞笑，安小笛完全无力招架嘛！要是有这么一个男生追我，那该多好，嘻嘻……

【大喇叭】：是好，好得不得了——你晚上做噩梦，白天做白日梦，八卦妹，你够了吧！

【八卦妹】：（怒气冲冲）怎么说话的！本姑娘能扛桶装水，能徒手捉流氓，能撒娇卖萌，能诗情画意，出得厅堂下得厨房，有男生追不是很正常吗？

【淡定哥】：那现在有人追吗？男生呢？人呢？人呢？（故意东张西望）

【八卦妹】：（尴尬，狡辩）那个，那个……掐指一算，时机未到。

【淡定哥】：（幸灾乐祸）想知道原因吗？过来，我告诉你吧，因为你丑！

（淡定哥大叫完，跟兔子一样逃出门去。八卦妹过了半天才反应过来，一把扔掉书，抄起门边的扫帚追了出去）

【八卦妹】：（气急败坏）站住！你有本事别跑！

【大喇叭】：（笑得上气不接下气）说好的等男生追呢！八卦妹，学学书里的安小笛啊，你怎么倒追淡定哥去了？今天最后期限，快来抢书啊！哈哈哈……

（远处传来一声惨叫）

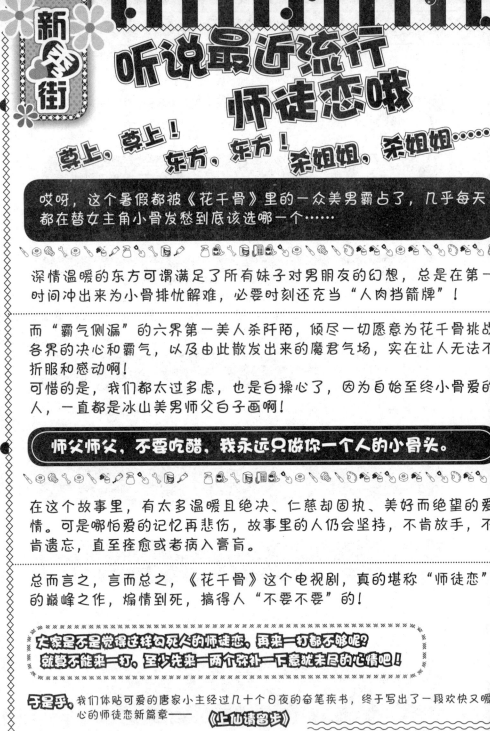

听说最近流行师徒恋哦

新百街

尊上、尊上！ 东方、东方！ 杀姐姐、杀姐姐……

哎呀，这个暑假都被《花千骨》里的一众美男霸占了，几乎每天都在替女主角小骨发愁到底该选哪一个……

深情温暖的东方可谓满足了所有妹子对男朋友的幻想，总是在第一时间冲出来为小骨排忧解难，必要时刻还充当"人肉挡箭牌"！

而"霸气侧漏"的六界第一美人杀阡陌，倾尽一切愿意为花千骨挑战各界的决心和霸气，以及由此散发出来的魔君气场，实在让人无法折服和感动啊！

可惜的是，我们都太过多虑，也是白操心了，因为自始至终小骨爱的人，一直都是冰山美男师父白子画啊！

师父师父，不要吃醋，我永远只做你一个人的小骨头。

在这个故事里，有太多温暖且绝决、仁慈却固执、美好而绝望的爱情。可是哪怕爱的记忆再悲伤，故事里的人仍会坚持，不肯放手，不肯遗忘，直至痊愈或者病入膏肓。

总而言之，言而总之，《花千骨》这个电视剧，真的堪称"师徒恋"的巅峰之作，煽情到死，搞得人"不要不要"的！

大家是不是觉得这样勾死人的师徒恋，再来一打都不够呢？
就算不能来一打，至少先来一两个弥补一下意犹未尽的心情吧！

于是乎，我们体贴可爱的唐家小主经过几十个日夜的奋笔疾书，终于写出了一段欢快又暖心的师徒恋新篇章——《上仙请留步》

先来看看主角介绍，有没有一款吸引到你！

男主 龙非羽

剑眉星目的美少年，白皙的皮肤，蓝色的道袍，雪白的长发，风姿绰约，亮瞎大家的眼。前世是天庭的龙太子，因为陷入情感纠纷，被贬下界历劫，因此结识了爱到处闯祸的"灵音"神女，并被她牢牢地定义为所有物！

男配 戚少翔

大眼帅哥，一身玄色的长袍，明明年纪很轻，却要故作老成。魔族的王子，因为不小心吃掉了苏苏的一块灵识，想尽办法希望找到灵丹能帮助苏苏起死回生，搞笑二人组之一。

男三 温子然

白衣乌发，宛如天神降临，笑容如同春风，颇受百姓的欢迎。前世是龙非羽的师兄，表面温润如玉，却暗中策划了一切，陷害苏苏后，还想让她永远灰飞烟灭。

女主 苏苏

前世是神女，长相乖巧，笑的时候眼睛眯成一条缝，好奇心害死猫说的就是她。被贬下界后成为一朵太岁，也就是肉灵芝，成为天下妖魔疯抢的对象，做了龙非羽的"根本"后，被他赏赐了一个华丽的外号"肉肉"。

女二 百草仙子

清丽脱俗，表面是心地善良的仙子，实则暗藏私心。爱慕龙非羽，识百草，医术高明。

编辑我好人做到底，顺便剧透一下，感兴趣的快看过来吧

这是一个欢喜冤家狭路相逢，偏偏最后看对眼的欢快搞笑故事。

苏苏是一朵肉灵芝，也就是传说中的太岁，据说吃了可以增加修为，因此成为了天下妖魔疯抢的对象。

她一直小心翼翼地活着，然而某天还是被妖狐发现了。为了师父和师姐妹的安全，她只得狐身离开道观。

逃命的途中，她遇到了上仙龙非羽，于是想尽办法跟着他，忍辱负重地开始了自己被逼为奴的悲惨日子……

龙非羽最初认为，自己只是单纯想要保护苏苏不被妖魔吃掉，好增加他斩妖除魔的难度，不料最后却对她动了真心。

只是，随着百草仙子和温子然的出现，一段有关苏苏和龙非羽前世的渊源也随之揭开……

哎呀呀，又是一段纠结的师徒恋，还好这个结局算是美好的。

想知道苏苏和上仙大人如何冲破一切阻碍修得圆满，就一定要记得关注唐家小主近期新书

 《上仙请留步》 哦！

新漫街

末了，编辑再奉送一张偶然间百度看到的图"古华采访录"，有没有觉得很可爱呢？看完之后，编辑也好想拐个可爱的师父回家呢！